國家出版基金資助項目
國家社會科學基金重大招標項目（16ZDA174）

國家出版基金項目

詹福瑞　陳紅彥　主編

二妙集
衆妙集

歷代唐詩珍稀選本彙編

（唐宋金元卷）

34

鳳凰出版社

圖書在版編目（CIP）數據

二妙集；衆妙集 / 詹福瑞，陳紅彦主編. -- 南京：鳳凰出版社，2025. 3. --（歷代唐詩珍稀選本彙編）.

ISBN 978-7-5506-4406-9

Ⅰ. I222.742

中國國家版本館CIP數據核字第202515BV11號

書　　名　二妙集　衆妙集
主　　編　詹福瑞　陳紅彦
責任編輯　李相東　姜　嵩
裝幀設計　姜　嵩
責任監製　程明嬌
出版發行　鳳凰出版社（原江蘇古籍出版社）
　　　　　　發行部電話025-83223462
出版社地址　江蘇省南京市中央路165號，郵編：210009
照　　排　南京新華豐製版有限公司
印　　刷　金壇古籍印刷廠有限公司
　　　　　　江蘇省金壇市晨風路186號，郵編：213200
開　　本　718 毫米×1005 毫米　1/16
印　　張　24.5
版　　次　2025年3月第1版
印　　次　2025年3月第1次印刷
標準書號　ISBN 978-7-5506-4406-9
定　　價　360.00 圓

目次

二妙集

《二妙集》提要

《二妙集》一卷，南宋趙師秀編。趙師秀（一一七〇—一二一九）字紫芝，號靈秀，亦稱靈芝，又號天樂，永嘉（今浙江温州）人。宋宗室子弟，光宗紹熙元年（一一九〇）進士。爲『江湖派』開創者，與徐照（字靈暉）、徐璣（字靈淵）、翁卷（字靈舒）並稱『永嘉四靈』。

《二妙集》專選賈島、姚合之詩，故稱『二妙』。其中選賈島詩八十二首，姚合詩一百二十一題（含《遊春》後之《又》）一百三十首，皆從别集遴選而出，且詩後附校勘。與現存姚、賈詩作相比較，《二妙集》所选詩歌體裁以五律爲主，風格情調上，《二妙》尚清幽閑適，兼有悲戚，對姚、賈怨憤之作則少有選入。

此集最早著録於南宋末趙希弁《讀書附志》，云『《二妙集》一卷，右汴人趙師秀選賈島、姚合詩也』。此後則很少見於公私目録著録，可見傳本極爲罕見。傳世有明抄本一部，現藏於國家圖書館，爲海内孤本。本次影印即依據此本。

明抄本（書號：七一四六），一册，每半葉十行行十八字，無格。卷首有目録，題『趙天樂選唐二妙集目録』。卷端題『二妙集』『汴人趙師秀紫芝編』。

卷末抄録嘉靖丙申年（十五年，一五三六）佚名跋識一則：『趙紫芝選編《衆妙》《二妙》二集，世不見。今吾友人顧大石仁效過訪次山秦思宋，執是爲贄。次山藏焉，因假摹書。實爲宋時刻本，不易得也。時嘉靖丙申閏臘，三寓繡石堂識。』按，顧大石爲顧元慶，爲明代吴中著名藏書家。前人多以顧元慶爲顧仁效之後①，以此跋觀之，則元慶、仁效爲一人。秦思宋即秦汴，無錫藏書家，繡石堂爲其書齋。據此跋，《二妙集》曾有宋刻本，顧仁效藏有一部，後轉贈予秦汴；此嘉靖抄本即自宋刻本抄出，可能爲摹寫之本，頗存宋本之貌。

又有何煌跋識一則：『此爲竹垞故籍，毛斧老假而不歸，既殁之二年，伊子雜售於湖船，余以銀三錢得之。康熙乙未秋小山記。』康熙乙未爲康熙五十四年（一七一五）。考《汲古閣珍藏秘本書目》著録有『《二妙集》一本，影宋板精抄』，當即此本。則此本在清初遞經朱彝尊、毛扆、何煌收藏。此後又歸陳揆稽瑞樓、瞿氏鐵琴銅劍樓。書中所鈐『稽瑞樓』『鐵琴銅劍樓』藏印可證。

（于春媚）

①可參考葉昌熾著《藏書紀事詩》（附補正）卷三，王欣夫補正，上海古籍出版社一九九九年版，第一七〇至一七一頁。

二妙集

國家圖書館藏明抄本，何煌跋

趙天樂選唐二妙集目録

賈長江

[illegible]李十[illegible]居　　偶[illegible][illegible]上人林[illegible]

題青龍寺鏡公房　　送陳判官赴天德

送唐壞歸穀水莊　　送歇法師

寄錢庶子　　寄武功姚主簿

早春題友人湖上新居

泥陽館　　送徐員外赴河中

寄毗陵徹公　　宿狐館

宿山寺　　題行谷上人院

寄江上人　　暮過山村

寄魏少府　　送杜秀才東遊

送賀蘭上人　哭柏巖禪師
送鄧明府遊靈武　寄白閣默公
雨後宿劉司馬池上
送田卓入華山　過唐校書書齋
寄董武　荒齋
冬夜　送厲宗上人
贈無懷禪師　偶作
寄顧非熊
送慈恩寺霄韻法師謁太原李司空
題章寺上[illegible]亭　[illegible]逸人

暇時見[illegible]南詩集　送友人遊[illegible]

訓姚校書　喜李餘自蜀至

寄無可上人

昇道精舍南臺對月寄姚合

秋夜望月懷錢孟二公琴客會

贈李金州　雪晴晚望

元日女道士受籙　宿成湘林下

寄宋州田中丞　靈準上人院

送皇甫侍御　南齋

雨中懷人　送友人葉官遊江左

姚少監

送狄尚書鎮太原　送楊尚書祭西嶽

送劉詹事赴壽州　閑居

送雍陶遊蜀　送喻鳧校書歸毗陵

送進士田卓入華

送薛右司赴處州

送少府田中丞入西蕃

送宋慎言　送潘傳歸宣州

送韋瑶校書赴越　送雍陶及第歸覲

別李餘　寄賈島

又　天津橋晴望
客遊旅懷　秋遊天壇
裴考功厲察院同遊昊天玄都觀
秋宿縣中　會將作崔監東園
和裴結端公早朝
和裴令公遊南莊憶白二十韋二賓客
和厲玄無可會宿見寄
謝秦校書與無可上人見訪
九日憶硯山舊居　書縣丞舊廳

[illegible]

哭硯山孫道士　　哭賈島

喜喻鳧至　　喜雍陶秋夜訪宿

喜賈島至　　賈島雨中訪宿

馬戴冬夜見過期無可不至

尋僧不遇　　送李侍御過夏州

送鄭尚書赴興元　　送無可上人遊邊

送董正字武歸常州觀親

送王龜處士　　送杜立歸蜀

送僧默然　　送敬法師歸福州

寄默然　李頻幽居
聞蟬寄賈島　春日閑居
和膳部李郎中秋夕
寄張司業籍　春日
秋夕遣懷　城南僧院
遊杏溪蘭若
金州書事寄山中舊友
題鶴雛
詶揚汝士尚書喜人移居
州田郎書齋卽事見寄

[illegible]

寄賈島洛下夜會

送劉禹錫郎中赴蘇州

送崔約下第歸揚州

無可上人遊越　　送林史君赴邵州

送源中丞赴新羅　　送陳稠赴江寧從事

送汴州令狐楚相公

寄東都白賓客　　寄崔之仁山人

罷武功縣將入城　　莊居即事

將歸山　　薛十二池亭

田將軍宅
曉望華清宮
采松花
草閣
石潭
拾得古硯

崔駙馬宅
遊天台上方
寄靈一律師
莓苔
寄李餘卧疾

二妙集

汴人趙　師秀　紫芝編

賈長江

賈姓島名浪仙字范陽人其先自周康王
封少子建侯於賈因而氏焉誼則漢太傅
演則晉尚書島初爲浮屠名無本來東都
時洛陽令禁僧午後不得出島爲詩自傷
韓愈憐之因教其爲文遂去浮屠舉進士
當其苦唫雖逢值公卿貴人皆不之覺也

行秘累舉不中第文宗時坐飛謗貶長江
主簿會昌初以普州司倉遷司户參軍

山中道士

頭髮梳千下休糧帶瘦容養雛成大鶴種子作
高松白石通宵煮寒泉盡日舂不曾離隱處那
得世人逢

旅遊

此心非一事書札若爲傳舊國别多日故人無
少年空巢霜葉落踈牖水螢穿留得林僧宿中
宵坐默然

題皇甫曽藍田廳

任官經一年縣與玉峯連竹籠拾山果瓦瓶擔石泉客歸秋雨後印鎖暮鐘前久别丹陽浦時時夢釣船

寄賀蘭朋吉

往往東林下花香似火焚故園從小别夜雨近秋聞野菜連寒水枯株簇古墳泛舟同遠客尋寺入幽雲斜日靡多掩荒田徑細分相思蟬幾處偶坐蝶成羣會宿曾論道登高省議文苦唫

半夜長安雨燈前越客唫孤舟行一月萬水與
千岑島嶼夏雲起汀洲芳草深何當折松葉拂
石剡溪陰

哭孟郊

身死聲名在多應萬古傳寡妻無子息破宅帶
林泉塚近登山道詩隨過海船故人相弔後斜
日下寒天

送李騎曹

歸騎雙旌遠懽生此別中蕭關分磧路嘶馬背

寒鴻朔色晴天北河源落日東賀蘭山頂草時
動卷帆風

送覺興上人歸中條山兼謁河中李司
空

又憶西巖寺秦原草白時山尋樵徑上人到雲
房遲暮磬潭泉凍荒林野燒移聞師新譯偈說
擬對旌麾

南池

蕭條微雨絕荒岸抱清源入舫山侵塞分泉稻
[illegible]

[illegible]

送耿處士

一瓶離別酒未盡即言行萬水千山路孤舟幾月程川原秋色静蘆葦晚風鳴迢遞不歸客人傳虚隱名

送天台僧

遠夢歸華頂扁舟背嶽陽寒蔬修浄食夜浪動禪床鴈過孤峯曉猿啼一樹霜身心無別念餘習在詩章晚一作焼

懷紫閣隱者

寂寥思隱者孤獨坐秋霖梨栗猿喜熟雲山僧說深寄書應不到結伴擬同尋廢寢方終夕迢迢紫閣心

送安南惟鑒法師

講經春殿裏花繞御床飛南海幾迴過舊山臨老歸潮搖蠻草落月濕島松微空水既如彼往來消息稀第五六句一云觸風香損印霑雨磬生衣第七句亦作雲水路迢遞

題李疑幽居

閑居少隣並草逕入荒園鳥宿池中樹僧敲月

其

訪李甘原居

原西居處靜門對曲江開石縫銜枯草查根上净苔翠微泉夜落紫閣鳥時來仍憶尋淇岸同行采蕨廻上净苔一作漬古苔

僻居無可上人相訪

自從居此地少有事相關積雨荒隣圃秋池照遠山硯中枯葉落枕上斷雲閑野客將禪子依依徧往還

題青龍寺鏡公房

一夕曾留宿終南摇落時孤燈岡舍掩殘磬雪
風吹樹老因寒折泉深出井遲踈慵豈有事多
失上方期

送陳判官赴天德

將軍邀入幕束帶便離家身暖蕉衣窄天寒磧
日斜火燒岡斷葦風卷雪和沙絲竹豐州有春
來秪欠花葦一作草

送唐環歸敷水莊

毛女峯當户日高頭未梳地侵山影掃葉帶露

不有吾廬

送敭法師 作藥

度歲不相見嚴冬知出關孤煙寒色樹高雪夕陽山瀑布寺應到牡丹房甚閑南朝遺迹在此去幾時還

寄錢庶子

曲江春水滿北岸掩柴關秪有僧隣舍全無物映山樹陰終日掃藥債隔年還猶記聽琴夜寒燈竹屋間

寄武功姚主簿

居枕江沱北情懸渭曲西數宵曾夢見幾處得
書批驛路穿荒坂公田帶淤泥靜棊功奥妙閑
作韻清淒鋤草留叢藥尋山上石梯客迴河水
漲風起夕陽低空地苔連井孤村火隔溪卷簾
黄葉落鎖印子規啼隴色澄秋月邊聲入戰鼙
會須過縣去況是屢招携

早春題友人湖上新居

門不當官道行人到亦稀故從飡後出多是夜
深歸開篋收詩卷掃牀移卧衣幾時同買宅相

沁陽館

客愁何併起暮送故人迴廢館秋螢出空城寒雨來夕陽飄白露樹影掃青苔獨坐離容慘孤燈照不開

送徐貟外赴河中

原野正蕭瑟中間分散情吏從甘邑罷詔許朔方行邊日沉残角河關截夜城雲居閑獨往長老出房迎

寄毗陵徹公

身依吳寺老黄葉幾迴看早講林霜在孤禪隙

月殘井通潮浪遠鍾與角聲寒已有南遊約誰
言禮謁難

宿孤館

落日投村戍愁生為客途寒山晴後緑秋月夜
來孤橘樹千株在漁家一半無自知風水静舟
繫岸邊蘆

宿山寺

衆岫聳寒色精廬向此分流星透踈木走月逆
行雲絶頂人來少高松鶴不羣一僧年八十世

題竹谷上人院

禪庭高鳥道廻望極川原樵徑連峯頂石泉通竹根朮深猶積雪山淺未聞猿欲別塵中苦願師貽一言

寄江上人

紫閣舊房在新家中岳東烟波千里隔消息一朝通寒日汀洲路秋晴島嶼風分明杜陵葉別後雨經紅雨一作兩

暮過山村

數里聞寒水山家少四隣怪禽啼曠野落日恐

行人初月未終夕邊烽不過秦蕭條桑柘外烟
火漸相親
寄魏少府
來時乖面别終日使人憖易記卷中句難忘燈
下談濕苔粘樹癭瀑布濺房菴音信如相惠移
居古井南
送杜秀才東遊
東遊誰見待盡室寄長安别夜葉頻落去程山
已寒大河風色渡曠夜燒烟殘匣有青銅鏡時
時照鬢看别夜一

送賀蘭上人

野僧來別我略坐傍泉沙遠道拏空鉢深山路落花無師禪自解有格句堪誇此去非緣事孤雲不定家

哭柏巖禪師

苔覆石床新師曾占幾春寫留行道影焚卻坐禪身塔院關松雪經房鏁隙塵自嫌雙淚下不是解空人

送鄒明府遊靈武

曾宰西畿縣三年馬不肥債多憑劍與官滿載

書歸邊雪藏行徑林風透臥衣靈州聽曉角客
館未開扉

寄白閣默公

已知歸白閣山遠晚晴看石室人心靜冰潭月
影殘微雲分片㵎古木落薪乾後夜誰聞磬西
峯絕頂寒

雨後宿劉司馬池上

藍溪秋漱玉此地漲清澄蘆葦聲兼雨芰荷香
遠燈岸頭秦古道亭面漢荒陵靜想泉根本幽
崖　幾

送田卓入華山

幽深足暮蟬驚覺石床眠瀑布五千仞草堂瀑布邊壇松涓滴露嶽月沆寥天鶴過君須看上頭應有仙

過唐校書書齋

池滿風吹竹時時得爽神聲齊雛鳥語畫卷老僧真月出行幾步花開到四隣江湖心自切未可挂頭巾

寄董武

雖同一城裏少省得從容門掩園林僻日高巾

憤慵孤鴻來半夜積雪在諸峰　正憶毗陵客聲

聲隔水鐘

荒齋

草合逕微微終南對掩扉晩凉踈雨絶初曉遠

山稀落葉無青地閑身着白衣朴愚由本性不

是學忘機

冬夜

羈旅復經冬瓢空盎亦空淚流寒枕上跡絶舊

山中凌結浮萍水雪和衰柳風曙光雞未報嘹

[illegible]

送屬宗上人

擁策背岷峨終南雨雪和漱泉秋鶴至禪樹夜猿過高頂白雲盡前山黄葉多曽唫廬嶽上月動九江波

贈無懷禪師

自從刼刼修果以此生周禪定石床暖月移山樹秋捧盂觀宿飯敲磬過清流不捨玄關路教人問到頭

偶作

野步隨吾意那知是與非稔年時雨足閏月暮

蟬稀獨樹依岡老遥峯出草徹園林自有主宿
鳥且同歸

寄顧非熊

知君歸有處山水亦難齊猶去瀟湘遠不聞猿
狖啼穴通茆嶺下潮滿石城西獨立生遥思秋
原日漸低

送慈恩寺霄韻法師謁太原李司空

何故謁司空雲山知幾重磧遥來鴈盡雪急去
僧逢清磬先寒角禪燈徹曉烽舊房閑片石倚
鳥公

題章博士新居

青楓何不種林在洞庭村應為三湘遠難移萬里根斗牛初過伏菡萏欲香門舊即湖山隱新廬葺此原

孟融逸人

孟君臨水居不食水中魚衣褐唯麤帛筐箱秪素書樹林幽鳥戀世界此心踈擬掉孤舟去何峯又結廬

晚晴見終南諸峯

秦分積多峯連巴勢不窮半旬藏雨裏此日到

窻中圓魄將升兔髙空欲叫鴻故山思不見碣
石洸寥東空一作虛

送友人遊蜀

萬岑深積翠路向此中難欲暮多羇思因髙莫
遠看卓家人寂寞揚子業凋殘唯有岷江水悠
悠帶月寒

詶姚校書

因貧行遠道得見舊交遊美酒易傾盡好詩難
卒酬公堂朝共到私第夜相留不覺入關晚别
來沐不火

喜李餘自蜀至

迢遞岷峨外，西南驛路高。幾程尋險棧，獨宿聽寒濤。白鳥飛還立，青猿斷更號。往來從此過，詞體近風騷。

寄無可上人

僻寺多高樹，涼天憶重遊。磬過溝水盡，月入草堂秋。穴蟻苔痕靜，藏蟬栢葉稠。名山思徧往，早晚到嵩丘。

昇道精舍南臺對月寄姚合

月向南臺見，秋霖洗滌餘。出逢危葉落，靜益衆

峯跡泠露尋時有禪窻此夜虛相思聊悵望潤
氣徧衣初（益一作巻）

秋夜望月懷錢孟二公琴客會

月色四時好秋光君子知南山昨夜雨為我寫
清規獨鶴聳寒骨高移韻細颸僊家縹緲弄彷
佛此中期

贈李金州

綺里祠前後山程踐白雲泝流隨大旆登岸見
全軍曉角吹人夢秋風卷鴈羣霧關方露日漢
水[illegible]少入

雪晴晚望

倚杖望晴雪溪雲幾萬重樵人歸白屋寒日下危峯野火燒岡草斷烟生古松却迴山寺路聞打暮天鐘

元日女道士受籙

元日天新夜齋身稱淨衣數星連斗出萬里斷雲飛霜下磬聲在月高壇影微立聽師語了右肘繫符歸

宿成湘林下

相訪夕陽時千株木未衰石泉出幽谷山雨滴

栖鴟漏向燈聽數君因客寢遲今宵不盡興更
有月明期（出幽谷一作流出谷）

寄宋州田中丞

古郡近南徐關河萬里餘相思深夜後未荅去
秋書自別知音少難忘識面初舊山期已久門
掩數畦蔬

靈準上人院

掩扉當太白臘數等松椿禁漏來遥夜山泉落
近隣經聲終卷曉草色幾茅春海内知名士交
遊準上人

送皇甫侍御

曉鐘催早朝自是赴嘉招舟泊襄江闊田收楚
澤遥鴻驚起衰草徐渴下寒條來使黔南日時
應問寂寥

南齋

獨自南齋卧神閑景亦空有山來枕上無事到
心中簾卷侵床月屏遮入座風望春春未至應
在海門東

雨中懷人

對雨思君子嘗茶近竹幽儒家鄰古寺不到又

逢秋

送友人棄官遊江左

羨君休作尉，萬事且全身。寰海多虞日，江湖獨往人。姓名何處變，鷗鷺幾時親。別後吳中使，應須訪子真。鷺一作鳥

新年

嗟以龍鍾貌，如何歲復新。石門恩隱久，銅鏡強窺頻。花發新移樹，心知故國春。誰能平此恨，豈是北宗人。兒一作身

[illegible]

古人不[illegible]
豈踈硯冰催臘日山雀到貧居羨有平戎策官
蒙別勅除策一作計

贈莊上人
不語焚香坐心知道已成流年衰此世定力見
他生暮雪餘春冷寒燈續晝明尋常五侯至敲
望下堦迎

送胡道士
短褐身披滿漬苔靈溪深處觀門開却從城裏
携琴去許到山中寄藥來臨水古壇秋醮罷宿

杉幽鳥夜飛迴丹梯顧逐真人上日少歸心白
髮催

處州李使君改任遂州因寄贈

庭樹幾株陰入戶主人何在客聞蟬鑰開扉上
高樓鏁掩汲池東古井泉趍靜野禽曾後到休
吟隣叟始安眠仙都山水誰能憶西去風濤書
滿船

酬慈恩寺文郁上人

袈裟影入禁池清猶憶鄉山近赤城籬落鏬間

宿幽房[illegible]

然生

早秋寄題天竺靈隱寺

峯前峯後寺新秋，絶頂高窻見沃洲。人在定中聞蟋蟀，鶴曾栖處挂獮猴。山鍾夜度空江水，汀月寒生古石樓。心憶懸帆身未遂，謝公此地昔年遊。

上邠寧邢司徒

箭頭破帖渾無敵，杖底敲毬遠有聲。馬走千蹄朝萬乘，地分三郡擁雙旌。春風欲盡山花發，曉

角初吹客夢驚不是邢公來鎮此長安西北未
能行

田將軍書院

滿庭花木半新栽石自平湖遠岸來笋迸隣家
還長竹地經山雨幾層苔井當深夜泉微上閣
入高秋户盡開行背曲江誰到此琴書鎖着未
朝回

投龐少尹

閑户息機搔白首中庭一樹有清陰年年不改

來聽雨燈前吟[illegible]公相[illegible]不[illegible]看[illegible]依依[illegible]

至今

渡桑乾

客舍并州已十霜歸心日夜憶咸陽無端更渡

桑乾水却望并州是故鄉

題隱者居

雖有柴門長不關片雲孤木伴身閑猶嫌住久

人知處見擬移家更上山

經蘇秦墓

沙埋古篆折碑文六國興亡事繫君今日淒涼

無處説亂山秋盡有寒雲

三月晦日贈劉評事

三月正當三十日風光别我苦吟身共君今夜不須睡未到曉鐘猶是春

寄遠

别腸多鬱紆豈能肥肌膚始知相結密不及相結疎疎别恨應少密離恨難袪門前南流水中有北飛魚魚飛向滄溟可以寄遠書不惜寄遠書故人今在無況此數尺身阻彼萬里涂自非

[illegible][illegible]可以口子區何 一作難滄

廿三

姚少監

姚姓合名開元宰相崇曽孫元和中進士及第調武功尉善詩世號姚武功遷監察御史累轉給事中歷陜虢觀察使秘書少監杭州刺史嘗選唐詩二十三家一百首為極玄集女妻睦州壽昌詩人李頻

送狄尚書鎮太原

授鉞儒生貴傾朝赴餞筵麾幢官在省禮樂將臨邊代馬龍相雜汾河海晴連遠戍移帳幙高

[illegible]

無所用老向鎖闈眠

送楊尚書祭西嶽

報功嚴祀典寵詔下明庭酒氣飄林嶺香烟入杳冥樂清三奏備詞直百神聽衣拂雲霞濕詩通水石靈何因逐騶騎暫得到巖扃

送劉詹事赴壽州

殷勤莫遽起四坐悉同袍世上詩難得林中酒更高隋堤傍楊柳楚驛在波濤别後書頻寄無辭費筆毫

閑居

日日門長閉，鄰家亦懶過。頭風春飲苦，眼暈夜書多。幽鳥偏栖竹，凡人笑種莎。近來難得酒，無計柰愁何。

送雍陶遊蜀

春色三千里，愁人意未開。木梢穿棧出，雨勢隔江來。荒館因花宿，深山羡客迴。相如何物在，應只有琴臺（勢一作氣）。

送喻鳧校書歸毗陵

因到蠏廬 一作江遠晚帆跡

送進士田卓入華山

何物隨身去六經與一琴辭家計已久入谷住應深偶坐僧同石閑書葉滿林業成須謁帝無貯白雲心 第四句一作住谷跡應深

送薛右司赴處州

懷中天子書腰下使君魚瀑布和雲落僊都與世疎遠程兼水陸半歲在舟車相送難相別南風入夏初

送少府田中丞入西蕃

蕭關路絶久石堠亦爲塵護塞空兵帳和戎在使臣風沙去國遠雨雪換衣頻若問涼州事涼州多漢人

送宋愼言

童稚便知聞如今祗有君百篇詩盡和一盞酒須分驛路多連水州城半在雲離情同落葉向晚更紛紛

送潘傅歸宣州

計此中行

送章瑶校書赴越

寄家臨禹穴乘傳出秦關霜落橘蒲地潮來帆
近山相門賓益賁水國事多閑晨省高堂後餘
懽杯酒間

送雍陶及第歸覲

獻親冬集書比橘復何如此去關山遠相思笑
語疎路尋青聲斷人近白雲居幽石題名處憑
君亦記余青一作冊記一作紀

別李餘

病童隨瘦馬難算往來程野寺僧相送河橋酒滯行足愁無道性文客會人情何計羈窮盡同居不出城

寄賈島

漫向城中住兒童不識錢甕頭寒絕酒竈額冷無烟狂發吟如哭愁來坐似禪新詩有幾首旋被衆人傳漫一作雖冷一作牓衆一作世

寄杜師義

寄亦何妨相寄一作分藏

寄王虔居士

顛領王居士顛狂不稱時天公與貧病時輩復輕欺茅屋隨年借盤飧逐日炊棄嫌官似夢珍重酒如師無竹栽蘆看思山疊石爲靜窓留客話古寺覓僧棊瘦馬寒未死羸童餓得癡唯應尋院籍心事遠相知借一作債　炊一作移

春日早朝寄劉起居

九衢寒霧斂雙闕曙光分綵仗迎春日香烟接

瑞雲珮聲清漏間天語侍臣聞莫笑馮唐老還
來謁聖君

秋日寄李支使

秋思朝來起侵人暑稍微曉眠離北户午飯尚
生衣山静雲初白枝高果漸稀聞君家海上莫
與燕同歸

寄紫閣新羅無名頭陀

峭行得如如誰分聖與愚不眠知夢妄無號免
人呼山海法皆遍華夷佛豈殊何因接師話清
淨王[illegible]斯負法一

蓮華峯下郡仙洞亦難勝閭里蒼苔水虚空瀑
布冰酒香和藥熟山峭過雲登清净黎人泰唯
憂急詔徵

贈劉乂

自君離海上垂釣更何人獨宿空堂雨閒行九
陌塵避時曾改姓（改一作變）捄難似嫌身何處相期宿咸
陽酒市春

贈終南傳上人

七十未成事終南蒼鬢翁老來詩興若貪去酒

賜空蟠蟄身仍病鵬摶力未通已無燒藥本惟
有著書功白馬將何晚青龍歳欲終生涯枯葉
下家口亂雲中潭靜魚驚水天晴鶴唳風悲君
還姓傳獨不夢高宗

寄元緒上人

石窓紫蘚墻此卅此清凉研露題詩潔銷冰煑
茗香閑雲春影薄孤磬夜聲長何計休爲吏從
師老草堂

寄白閣默然

得比師難

秋日即事寄秘書竇少監

秋氣日騷騷星星雙鬢毛涼天吟自遠清夜憂還高林下期同去人間共是勞頭中何所直且漉（篚）籠頭糟

寄主客劉員外禹錫

蟬稀虫唧唧露重思悠悠靜者多便夜豪家不見秋同歸方欲就微恙幾時瘳今日滄江上何人理釣舟就一作遂

寄白石師

白石師何在師禪白石中無情雲可比（不）食鳥難同攫下蒼苔雪龕前瀑布風相尋未有計只是禮虛空

寄賈島

踈拙秪如此此身誰與同高情向酒上無事在山中漸老病難理文貧吟益空賴君時訪宿不避北齋風

萬年縣中雨夜會宿寄皇甫甸

當對酒杯（人起一作客起　應當一作惟應）

秋夜寄默然

霜月靜幽居閑吟覺初秋深夜迢遞年長意
蕭踈海上歸難遂人間事盡虛賴君方便語漸
得識眞如

題縱上人院

營營是與非前樂後還悲今世已如此他生願
似師禪房空旦暮畫壁半陳隨遠竹蒼苔跡幽
人來是誰（竹一作徑）

贈常州院僧

一住毗陵寺師應祇信緣院貧人施食窗靜鳥窺禪古磬聲難盡秋燈色更鮮仍聞開講日湖上少漁舡

武功縣中作

一日看除目終年損道心山宜衝雪上詩好帶風吟野客嫌知印家人笑買琴只應隨分過已是錯彌深（一作已定）

曉鍾驚睡覺是事便相關小市柴薪貴貧家砧

[illegible]作事事

客至皆相笑詩書蒲卧床愛閑求病假因辭棄

官方鬢髮寒惟短衣衫瘦漸長自嫌多檢束不

似舊來狂

自下青山路三年着緑衣官卑食肉僭才短事

人非野客教長醉高僧勸却歸不知何計是免

與本心違

閑門風雨裏落葉與堦齊野客嫌杯小山翁喜

枕低聽琴知道性尋藥得詩題誰更能騎馬閑

行只杖藜

假日多無事誰知我獨忙移山入縣宅種竹上城墻驚蝶遺花蕊遊蜂帶蜜香唯愁明早出端坐吏人傍

朝朝門不閉長似在山時賓旅抽書讀兒童研（硏）竹騎文貧還易老多病懶能醫道友應相怪休官日已遲

長憶青山下深居遂性情壘堦溪石淨燒竹竈烟輕點筆圖雲勢彈琴學鳥鳴今朝知縣印夢裏百憂生（鳴一作聲）

閑居

不自誇強最無爭住在城邊門無馬跡[illegible]
蟬聲帶病吟雖若休官夢已清何當學禪觀依
止古先生
終年城裏住門户似山林客怪身名晚妻嫌酒
病深寫方多識藥失譜廢彈琴文字非經濟空
虚用破心
假日書呈院中司徒
十日公府静中㶉起清晨寒蟬近衰柳古木似
高人學佛寧憂老為儒自喜貧海山歸未得芝
术夢中春

寒食

令朝一百五出户雨初晴舞愛雙飛蝶歌聞百
囀鶯江深青草岸花滿白雲城爲政多孱懦應
無酷吏名
出城煙火少况復是令朝閑坐將誰語臨觴只
自謡堦前春蘚遍衣上落花飄伎樂州人戲使君
心寂寥

原上新居

秋來梨果熟行哭小兒飢鄰富雞長往莊貧客
[illegible]

前[illegible][illegible][illegible]作家

杭州郡齋南亭

符印懸腰下東山不得歸獨行南北逕漸老往還稀道笋侵窻長鶯鐸出樹飛田田池上葉嘗是使君衣

郡中西園

西園春欲盡芳草逕難分靜語唯幽鳥閑眠獨使君蜜林生雨氣古石帶潮文雖去清秋遠朝朝見白雲

山中述懷

爲客久未歸寒山獨掩扉曉來山鳥散雨過杏花稀天遠雲空積溪深水自肥此情對春色盡揔欲忘機 肥一作微

種葦

欲種數莖葦出門來往頻近陂收本土選地問幽人靜看惟思長初移未覺勻坐中尋竹客將去更逡巡

題琴詩臺

幽鳥辭層詩人日日登坐危石是塌吟若唾成

題宣義池亭

春入池亭好風光煖更鮮尋芳行不困逐勝坐還遷細草亂如髮幽禽鳴似絃芸文雜古篆石色學秋天花落能漂酒萍開解避船暫來猶愈疾久住合成仙迸笋揹堦起垂藤壓樹偏此生應借看自買計無錢一作自計買無錢計一作謂

題山寺

千重山崦裏樓閣影參差未暇尋僧院先看置寺碑竹深漸（行）暗石穩坐多時古塔虫蛇善陰廊

鳥雀癡雲開上界近泉落下方遲爲愛青桐葉
因題蒲樹詩
　　過楊處士幽居
引水穿風竹幽聲勝遠溪裁衣延野客剪翅養
山雞酒熟聽琴酌詩成削樹題唯愁春氣暖松
下雪和泥
　　過雲花寶上人院
九陌寂幽寺吾師院復深煙霞同覆屋松竹雜
成林鳥語境彌寂客來機自沉早知知到此應
不[illegible]南朗藹霞一

正月一日後尋春更不眠自知還近癖衆說過
於顛肩水寧依路登山欲到天悠悠苦思起多
是晚風前

又

看春長不足豈更覺身勞寺裏花枝净山中水
色高嫩雲軽似絮新草細如毛併起詩人思還
應費筆毫嫩一作懶

天津橋晴望

閑立津橋上寒光動遠林皇宮對嵩頂清洛貫

城心雪路初晴出人家向晩深自從王在鶴天
寶到如今

客遊旅懷

客行無定止終日路岐間馬爲賒來貴僮因借
得頻詩書愁觸雨店舍喜逢山舊業嵩陽下三
年未得還

秋遊天壇

秋蟾流異彩齋絜上壇行天近星辰大山深世
界清仙飈石上起海月夜中明何許長來此閑
民過一生月一

姓同相見易紫府共閑行陰逕紅桃落秋壇白石生蘚文連竹色鵶語應松聲風定藥香細樹深泉氣清垂簷靈草影遶壁古山名圍外坊無禁歸時踏月明

秋宿縣中

鼓絶門方揜蕭條作吏心露垂庭際草螢照竹間禽棊罷嫌無月晚遲聽盡砧還知未離此時復更相尋

會將作崔監東園

墻北走紅塵墻東飛白雲山光衣上見藥氣酒
中聞此會誠堪惜寵秋日又醺人間惟有醉醉
後復何云飛一作接

和裴結端公早朝

魚鑰千門啓雞人唱曉傳冕旒臨玉殿丞相入
爐烟列位同居左分行忝在前仰聞天語近俯
拜珮聲連絲仗祥光動彤庭霽色鮮威儀誰可
紀柱史有新篇

和裴令公遊南莊憶白二十韋二賓客

魚觸釣竿樽前多野客膝下盡郎官斸石通泉脉移松出藥欄闗東分務重天下比功難半醉思韋白題詩染綵翰

和厲玄無可會宿見寄

九衢難會宿況復是寒天朝客清貧老林僧黙悟禪眠遲銷漏水吟苦墮寒涎異日來尋我滄江有釣舡

謝秦校書與無可上人見訪

道同無宿約三伏自從容總谿山侵座扇揺風

下松客來多遶竹僧飯只憑鍾向晚分歸路莓
苔行跡重

九日憶硯山舊居（硯一作峴）

帝里閑人少誰同把酒杯硯山籬下菊今日幾
枝開曉角驚眠起秋風引病來長年歸思切更
值鴈聲催

書縣丞舊廳

樓閣半山上人家向下居古廳眠易魘老吏語
多虛雨水澆荒竹溪沙擁廢渠聖朝收外府皆
[illegible]樓閣一

蒲郭是春光街衢土亦香竹風輕屐舄花露膩
衣裳谷鳥鳴還艷山夫到亦狂可憐遊賞地煬
帝國傾亡
從軍
朝朝十指痛惟署點兵符貧賤依前在顛狂一
半無身慚山友棄膽賴酒杯扶誰道從軍樂年
來鑷白鬚
敬宗挽詞
晚色啓重扉旌旗路漸移荆山鼎成日湘浦竹

班時臣子終身感山園七月期金莖看尚在承露復何爲（晚一作曉）

文宗挽詞

垂拱開成化愔愔雅樂全千官方就日四海忽無天堯舜非傳子殷周但卜年聖功青史外刋石在陵前

哭硯山孫道士

脩短皆由命暗懷師出塵豈知脩道者難免不亡身永秘黄庭訣高懸漉酒巾可憐白犬子閑

杳杳黄泉下嗟君向此行有名傳後世無子過今生新暮松三尺空堦月二更從今舊詩卷人覔寫應爭

喜喻凫至

欲出心還懶閒吟遶寢床道書虫食盡酒律客偷將愁至多爲病貧來減得狂見君何所似如熱得清凉

喜雍陶秋夜訪宿

曉立侍爐煙夜歸蓬華眠露華明菊上螢影減

燈前急滴和碪聲棲禽與葉連高人來此宿爲
似在山巔

喜賈島至

布囊懸蹇驢千里到貧居飲酒誰堪伴留詩自
與書愛眠知不醉省語似相疎軍吏衣裳窄還
應暗笑余

賈島雨中訪宿

雨裏難逢客閑吟不復眠虫聲秋併起林色夜
相連愛酒此生裏趨朝未老前終須攜手去滄

客來初夜裏藥酒自開封老漸多歸思貧唯長病容若寒燈焰細近晚鼓聲重僧可還相捨深居閑古松

尋僧不遇

入門愁自散不暇見僧翁花落煎茶水松生醒酒風拂床尋古畫之策看新藂別有遊人見多疑住此中支策一作枝刺

送李侍御過夏州

酬恩不顧名走馬覺身輕迢遞河邊路蒼茫塞

上城沙寒無宿鴈，虜近少閑兵。飲罷揮鞭去，傍人意氣生。

送鄭尚書赴興元

儒有登壇貴，何人得此功。紅旗燒密雪，白馬踏長風。斧鉞來天上，詩書理漢中。方知百勝略，應不在鷹鸇。

送無可上人遊邊

一鉢與三衣，經行遠近隨。出家還養母，持律復能詩。春雪離京𡨴，晨鐘近塞遲。亦知連府客，夜

[illegible]

路岐知不盡離別自無窮行客心方切主人罇
未空楚檣收月下江樹在潮中人各還家去還
家慶不同

送王龜處士

送客客爲誰朱門處士稀唯修曾子行不着老
萊衣古寺隨僧飯空林共鳥歸壺中駐年藥燒
得獻庭闈

送杜立歸蜀

迢遞三千里西南是去程杜陵家已盡蜀國客

重行雪照巴江色風吹棧閣聲馬嘶山稍暖人語店初明旅夢心多感孤吟意不平誰爲李白後爲訪錦宮城（意一作氣）

送僧默然

出家侍母前至孝自通禪伏日江頭别秋風檣下眠鳥聲猿更促石色樹相連此路多如此師行亦有緣

送敬法師歸福州

結得隨緣伴蟬鳴方出關新經譯舊寺故國與

寄默然

晨飡夜復眠日與月相連天下誰無病人間樂是禪幾生通佛性一室但香煙結得無為社還應有宿緣

李頻幽居

賃居求賤處深僻任人嫌蓋地花如毯當門竹勝簾勸僧嘗藥酒教僕認書簽庭際山宜小休令着石添（認一作辯）

聞蟬寄賈島

未秋吟便苦半咽半隨風禪客心應亂愁人耳
顧聾雨晴高樹裏日晚古城中遠思聽難盡誰
當與我同第三四句一作禪客聞心亂愁人顧耳聾

春日閑居

居止日蕭條庭前惟藥苗身閑眠自久眼老視
還遥簷燕酬鶯語鄰花雜絮飄客來無酒飲搔
首擲空瓢

和膳部李郎中秋夕

淅淅復翛翛涼風似水流此生難免老舉世大
[illegible]

寄張司業籍

日日在心中青山青桂藂高人多愛靜歸路亦應同罷吏方無病因僧亦解空新詩勞見問吟向竹間風（亦一作欲　向一作對）

春日

春來眠不得誰復念生涯夜聽四鄰樂朝尋九陌花輕烟浮草色微雨濯年華乞假非關病朝衣在酒家

秋夕遣懷

昨宵白露下秋氣滿山城風勁衣中脆窻虛筆墨輕臨書愛真跡避酒怕狂名祇擬隨麋鹿悠悠過一生

城南僧院

寺對遠山起幽居仍是師斜陽通暗隙殘雪落踈籬松靜鶴栖定廊虛鍾盡遲朝朝趨府吏來此是相宜

遊杏溪蘭若

踏草度溪灣晨遊暮不還月明松影路春滿杏

[illegible]

金州書事寄山中舊友

安康雖好郡刺史是憨翁買酒終朝飲吟詩一室空自知爲政拙衆亦覺心公親事星河在憂人骨肉同簿書嵐色裏鼓角水聲中井邑神州接帆檣海路通野亭晴帶霧竹寺夏多風澱稻長川白燒林遠岫紅舊山期已失芳草思何窮林下無相笑男兒五馬雄失一作虔

題鶴雛

羽毛生未足嶛峭醜於雞夜夜穿籠出檮衣砧

上捿足一作齊夜夜一作每夜

詶楊汝士尚書喜人移居

未得滄江外衰殘讀藥書聖朝優上秩仁里許閑居樹對枝相接泉同井不疎酬章深自鄙欲寄復躊躇

詶田卿書齋即事見寄

幽齋琴思靜晚下紫宸朝舊隱同溪遠周行隔品遥深槐蟬唧唧疎竹雨蕭蕭不足相尋懶煩君擧酒瓢

下伏秋其近還知[illegible]津頭[illegible][illegible]陀林果暴雨落
江魚貴寺雖同扶閑曹只管書朝朝廊下食相
庇在肴蔬

寄賈島洛下夜會

洛下工詩客相逢祇是吟夜觴燈稍静寒屋坐
多深烏府偶爲吏滄江長在心憶君難就寢燭
滅復星沉作憶懷一

送劉禹錫郎中赴蘇州

州城全是故吴宫香徑難尋古蘚中雲水計程
千里遠軒車送别九衢空鶴聲高下聽無盡潮

色朝昏望不同太守吟詩人自理山齋閑卧白
蘋風

送崔約下第歸揚州

蒲坐詩人吟送酒離城此會亦應稀春風下第
時稱屈秋卷呈親自東歸日晚山花當馬落天
陰水鳥傍船飛江邊道路多苔蘚塵土何由得
上衣

無可上人遊越

清晨相訪立門前麻履方袍一少年懶讀經文
未作佛頭文寺[illegible]獨

[illegible]

因緣

送林史君赴邵州

詔書飛下五雲間，才子分符不等閑。驛路算程多是水，州圖占地少於山。江頭斑竹尋遍，洞裏丹砂自採還。清淨化人人自理，終朝無事更相關。

送源中丞赴新羅

赤墀賜對使殊方，官重霜臺紫綬光。玉節在船清海怗，金函開詔拜夷王。雲晴漸覺山川異，風

便寧知道路長誰得似君將雨露海東萬里灑扶桑

送陳禂赴江寧從事（一作個）

荆州勝事衆皆聞幕下今朝又得君才子河浪籍科第男兒終久要功勳江村竹樹多於草山路塵埃半是雲新集定知饒思景不應一向賦從軍（籍一作寺）

寄汴州令狐楚相公

汴水從今不復渾秋風鼙鼓動城根梁園臺館

故主君能無家客來言下馬毋勞還欣千官入
閭門

寄東都白賓客

闕下高眠過十旬南宮印綬乞離身詩中得意
吟千首海内嫌官只一人賓客分司真是隱山
泉遠宅豈辭貧竹齋晚起多無事唯到龍門寺
裏頻

寄崔之仁山人

不得之仁消息久秋來體色復何如痛持杯酒
判身病狂作文章信手書官職卑微從客笑性

靈關雅向戚疎幾持身計渾無事揀取深山一處居（痛持一作若將　身計一作家計）

罷武功縣將入城

青衫脫下便狂歌種薤栽薇斷古坡野客相逢添酒病春山暫上著詩魔亦知官罷貧還甚且喜閑來睡得多欲與九衢親故別明朝拄杖始經過（薤一作李　薇一作桃）

莊居即事

休看小字大書名向日持經眼却明持過無心

到王城[illegible]

來聲

將歸山

野人慣去山中住自到城來悶不勝宮樹蟬聲多却樂侯門月色少於燈飢來雖擬重餐藥歸去還應只別僧聞道舊溪茆屋畔春風新上數枝藤

薛十二池亭

每日樹邊消一日遶池行過又須行異花多是非時有好竹皆當要處生斜立小橋看島勢遠

移幽石作泉聲浮萍着岸風吹歇水面無塵晚

更清

田將軍宅

焚香書院最風流淺草緑墻緑蘚秋近砌別穿

澆藥井臨堦新起看山樓棲禽戀竹明猶在閑

客觀花夜未休好是暗移城裏宅清凉渾得似

江頭

崔駙馬宅

心在林泉身在城鳳凰樓下得閑名洞中見鑿

[illegible]

上行

曉望華清宮

曉眉樓殿更鮮明遥隔朱欄見鹿行武帝自知
身不死教修玉殿號長生

遊天台上方

曉上上方高處立路人羨我此時身白雲向我
頭上過我更羨雲多路人

采松花

擬服松花無處學嵩陽道士忍相教今朝試上

高枝采不覺傾飜僊鶴巢

寄靈一律師

梵書抄律千餘紙凈院焚香獨受持童子病來烟火絕清泉漱石過齋時

草閣

編草覆栢椽軒扉皆竹織閣成似僧居學僧居未得有時公府勞還復來此息

莓苔

茆堂堦豈高數寸是苔蘚只恐秋雨中總戶亦

曉向潭上行夕就潭邊宿清泠無波瀾澂澂魚
相逐釣公坐不起見我往來熟

寄李餘卧疾

窮節琭慓我詎自云樂伊人嬰疾恙所對唯若
藥寂寞行稍稀清羸餐自薄幽齋外浮事妻寐
亦簡略雪户檐後明風簾卷還落方持數杯酒
勉子同斟酌

拾得古硯

僻性愛古物終歲求不獲昨朝得古硯黄河灘

之側念此黄河中應有昔人宅宅亦作流水斯
硯未變易波瀾斫激觸背面生罅隙質狀朴且
醜令人作不得捧持且驚嘆不敢施筆墨或恐
先聖人嘗用修六籍置之潔浄室一日三磨拭
大喜豪貴嫌久長得保惜

二妙集卷終

趙紫芝選編衆妙二妙二集世不一見今吾友
人顧大石仁效過訪次山秦思宋執是為贄次
山藏焉因假摹書寔為宋時刻本不易得也時
嘉靖丙申閏臘三寫繡石堂識

四十九帋　二集共計一百十葉

此為竹垞故籍毛斧老假而不歸既没之二年伊子
雜售於湖船余以銀三錢得之康熙乙未秋小山
記

衆妙集

《衆妙集》提要

《衆妙集》一卷，南宋趙師秀編。趙師秀（一一七〇—一二一九）字紫芝，號靈秀，亦稱靈芝，又號天樂，永嘉（今浙江温州）人。宋宗室子弟，光宗紹熙元年（一一九〇）進士。爲『江湖派』開創者，與徐照（字靈暉）、徐璣（字靈淵）、翁卷（字靈舒）並稱『永嘉四靈』。

此集共收録沈佺期、盧象、王維、孟浩然、錢起、周賀、于武陵、李頻等七十六位詩人、二百二十八首詩歌。從詩人構成上，多爲大曆詩人、詩風明顯受『姚賈』影響的詩人，亦有少量初盛唐詩人。入選詩歌大多每人一、二首，稍多者約七、八首，最多者爲劉長卿，達二十三首。《四庫全書總目》稱其『不甚詮次先後』。所選詩作多爲五律，達一百六十四首，另有七律四十八首和五排十六首。選詩重描摹日常情景，情調尚閑雅。

南宋末趙希弁《讀書附志》最早著録此集。明初《文淵閣書目》也曾著録。之後傳本漸罕。傳於今者有明抄本、明汲古閣刻本等幾種。

本次選擇明抄本和明天啓五年汲古閣刻清古松堂重修本影印。

明抄本（國家圖書館藏，書號：七一四五），一册，每半葉十行行十八字，無格。卷首有目録，題『趙天樂選唐衆妙集家數』。卷端題『衆妙集』『汴人趙師秀紫芝編』。卷末有佚名跋識一則，云：『嘉靖丙申臘月晦日宋本摹書。時寓繡石堂。』丙申即嘉靖十五年（一五三六）。抄本及跋識字迹與國家圖書館藏明抄本《二妙集》（書號：七一四六）相同，該本《二妙集》卷末還有『二集共計一百十葉』一行，據此，二本由同一人同時抄成。與其抄《二妙集》一樣，此《衆妙集》亦自宋本而來。卷中有少量朱墨二色校字。墨色字迹與抄本近似，當出於抄手。朱色筆迹則不知出於何人，其字迹似與何煌接近。此本中鈐有『檇李項藥師藏』『秀水朱氏潛采堂圖書』『稽瑞樓』『鐵琴銅劍樓』，知曾經項藥師、朱彝尊、陳揆、常熟瞿氏等名家收藏。又考《汲古閣珍藏秘本書目》著録有『《衆妙集》一本，影宋板精抄』，與其著録《二妙集》一致，因此頗疑明抄《衆妙集》《二妙集》二種從未分家，一併由朱彝尊轉歸毛扆，再歸何煌，之後纔流入陳揆稽瑞樓。

明汲古閣刻清古松堂重修本（國家圖書館藏，書號：T四一七七：一—二），一册，每半葉八行行十九字，白口，左右雙邊。此本《衆妙集》係汲古閣刻《詩詞雜俎》叢書中的第一種。其書前有毛晉刻《詩詞雜俎》跋，撰於天啓五年（一六二六），因此也有書目將此本《衆妙集》稱作天啓五年汲古閣刻本。然而此説不確。《衆妙集》後另有毛晉跋一則，稱『丙子秋杪，寒山趙靈均忽緘此書與馮定遠見寄，云是嘉興屠用明託予刻者』，『予向彙《唐人選唐詩》，甚爲海内快士所賞，復欲梓宋元人選唐詩以續之，兹集其嚆矢云』。丙子爲崇禎九年（一六三六），可知刊刻《衆妙集》定在此年之後。而依據此跋亦可知汲古閣本的來源爲嘉興屠用明藏本，而非上述明抄本。此本文字亦與明抄本略有差異。如王維《送丘爲落第歸江東》詩末，明抄本有『爾一作禰』，汲古閣本無；其他明抄本有若干字句顛倒錯訛之處，汲古閣本無。如王維《秋歸輞川莊作》『海鷗何事更相疑』，明抄本『事更』二字顛倒；李嘉佑《暮春宜陽郡齋愁坐忽枉劉七侍御詩因以酬答》詩題，明抄本在『忽』後衍『聞』字，等等。

（于春媚）

衆妙集

國家圖書館藏明抄本

趙天樂選
唐衆妙集
二妙集
明人抄
宋刊之本

趙天樂選唐衆妙集家數

沈佺期二首　盧象一首

王維七首　孟浩然四首

錢起八首　周賀九首

于武陵三首　李頻六首

秦系二首　劉長卿二十三首

李嘉祐九首　楊巨源二首

劉得仁三首　朱慶餘五首

雍陶四首　郎士元四首

崔塗七首　皇甫曾二首

司空曙六首　耿湋五首
嚴維二首　李端四首
韓翃三首　戴叔倫五首
盧綸七首　祖詠二首
綦毋潛一首　方干七首
靈一三首　無可三首
護國一首　貫休二首
岑參二首　張衆甫一首
張南史一首　周朴一首

張蠙三首　張祐四首

李季蘭一首　許渾二首

張祜佐一首　馬戴二首

張循之一首　張繼一首

章八元一首　李益二首

張喬一首　呂温一首

于鵠一首　崔顥一首

項斯三首　崔峒一首

包何一首　竇常一首

道叚一首　韋莊一首

鮑[illegible]一首　鄭谷一首
韓偓一首　羅隱一首
李羣玉一首　皮日休一首
杜荀鶴五首　張籍三首
任藩二首　劉商一首
楊發一首　處默一首
戎昱一首　于良史一首
王灣一首　林寬一首
劉禹錫八首　王貞白一首
已上七十六家共二百二十八首

衆妙集

宋　汴人趙　師秀　紫芝編

沈佺期

塞北

胡騎犯邊埃，風從丑上來。五原烽火急，六郡羽書催。冰壯飛狐冷，霜濃候鴈哀。將軍朝授鉞，戰士夜銜枚。紫塞金河裏，葱山鐵勒隈。蓮花秋劍發，桂葉曉旗開。秘略三軍動，妖氣百戰摧。何言投筆去，終作勒銘回。

同[illegible]夏晚寓直省中

並命登僊閣分宵直禮闈大官供宿膳侍史護
朝衣卷幔天河入當階月露微小池殘暑退高
樹晚涼歸冠劔無時釋軒車待漏飛明朝題漢
柱三署有光輝

盧象

趙都護宴別

結客候旌麾元戎復在斯門開都護府兵動羽
林兒黠虜多翻覆謀臣有別離智同天所授恩
向日相隨漢使開賓幙胡笳送酒卮風霜迎馬
首雨雪事魚麗在策應無戰深情屬戴馳不應

行萬里明主寄安危

王維

從歧王過楊氏別業

楊子談經所淮王載酒過興闌啼鳥喚坐久落花多逕轉回騶燭林開散玉珂嚴城時未啓前路擁笙歌

山居

寂寞掩柴扉蒼茫對落暉鶴巢松樹遍人訪蓽門稀綠竹含新粉紅蓮落故衣渡頭燈火起處處采菱歸

終南山行

太乙近天都連山到海隅白雲回望合青靄入看無分野中峰變陰晴衆壑殊欲投人宿處隔水問樵夫

觀獵

風勁角弓鳴將軍獵渭城草枯鷹眼疾雪盡馬蹄輕忽過新豐市還歸纉(細)柳營回看射鵰處千里暮雲平

送丘為落第歸江東

憐君不得意況復柳條春為客黃金盡還家白

髮新五湖三畝宅萬里一歸人知爾不能薦羞
稱獻納臣（爾一作禰）

送晁監歸日本

積水不可極安知滄海東九州何處所萬里若
乘空向國惟看日歸帆但信風鼇身映天黑魚
眼射波紅鄉樹扶桑外主人孤島中別離方異
域音信若爲通

秋歸輞川莊作

積雨空林烟火遲蒸藜炊黍餉東菑漠漠水田
飛白鷺陰陰夏木囀黃鸝山中習靜觀朝槿松

下清齋折露葵野老與人爭席罷海鷗何更事
相疑

孟浩然

歲晚歸南山

北闕休上書南山歸敝廬不才明主棄多病故
人踈白髮催年老青陽逼歲除永懷愁不寐松
月夜窻虛

夜渡湘水

客行貪利涉夜裏渡湘川露氣聞芳杜歌聲識
採蓮榜人投岸火漁子宿潭烟旅時行相問涔

陽何處邊

洞庭湖

八月湖水平涵虛混太清氣蒸雲夢澤波動岳陽城欲濟無舟楫安居恥聖明坐看垂釣者空有羨魚情

過故人莊

故人具雞黍邀我至田家緑樹村邊合青山郭外斜開筵面場圃把酒話桑麻待到重陽日還来就菊花

送劉相公催轉運事

國用資戎事臣勞爲主憂將徵任土貢更發濟川舟擁傳星還去過池鳳不留惟高飲氷節稍淺别家愁落葉淮邊雨孤山海上秋遥知謝公興徽月在江樓

送少微師西行

隨緣忽西去何日返東林世路無期别空門不住心人烟一飯少山雪獨行深天外猿啼處誰聞清梵音

暇日題草堂

爲郎過壯歲晚景對秋天門掩蒼苔上池清寒
竹前通經未拾紫煉藥不成仙且醖東皐黍愁
來得醉眠

寄郢州郎使君

龍節知無事江城不掩扉詩傳過客遠書到故
人稀坐嘯看潮起行春送鴈歸望舒三五夜思
盡謝玄暉

送彈琴李長史赴洪州

抱琴爲傲吏孤櫂復南行幾處秋江水皆添白
髮生佳期來客夢幽興緩王程佐牧無勞問心

和政自平

裴迪書齋翫月

夜来詩酒興月上謝公樓影閉重門静寒生獨樹秋鵲驚隨葉散螢遠入烟流今夕遥天末清輝幾處愁

闕下逢閣舍人

二月黄鸝飛上林春城紫陌曉沉沉長樂鍾聲花外盡龍池柳色雨中深陽和不散窮途恨霄漢長懸捧日心獻賦十年猶未遇羞將白髮戴華簪

石門春暮

自笑鄙夫多野性，貧居數畝半臨湍。溪雲雜雨來茆屋，山雀將雛傍藥欄。仙籙蒲床閑不厭，陰符在篋老羞看。更怜童子宜春服，花裏尋師到杏壇。

周賀

贈幼肇法師

北京從別後，南越幾聽砧。住久白髭出，講長黃葉深。香連隣舍像，磬徹遠巢禽。寂寞應關道，何人見此心。

贈柏巖禪師

野寺紀依念空山曾遍行老來披衲重病起讀經生乞食嫌村遠尋溪覓路平多年柏巖住不識柏巖名

如空上人移居

竹溪人請住何日何中峯尾舍山晴步齊身病色濃朧高移生次菊淺露行蹤來往溢城下三年兩度逢

哭柏巖

抹逕西風急松枝講抄餘凍髭亡夜剃遺偈病

時書地燥焚身後堂空著影初此時頻下滌(涤)曾
省到吾廬

寄朱餘慶

已當聽鴈夜多事不同居故疾離城晚秋霖見
月疎趍鍾關靜户帶葉卷残書蕩槳期南去荒
園久廢鋤

王芝觀張道士房

四面松山合空堂畫老僊龕根傳雪水曲角積
茶烟道至機心盡宵清琴韻全獨嫌來又去不
得坐經年

再經王叟居

停橈因舊識白髮問波濤以我往來倦知君畊稼勞渚田臨舍盡坂路出簷高變此還南去終期會爾曹

贈李主簿

稅時兼主印每日得閑稀對客放科吏爲官亦典衣案遲吟坐待宅近步行歸見說論詩道應愁斷是非放一作方

贈厲玄侍御

山松逕與瀑泉通巾舄行吟想越中塞鴈去經

華表末鄉僧來自海濤東關分河漢秋鐘絕露滴𦏁猴夜岳空抱疾因尋周柱史杜陵寒葉落無窮

于武陵

客中

楚人歌竹枝游子淚沾衣異國久爲客寒宵頻夢歸一封書未返千樹葉皆飛南過洞庭水更應消息稀

贈王隱人

石室歸無患人寰與北分飛來南甫尉半是華

山雲浮世幾多事先應生不聞寒川滿斜日空
照鴈成群
南游有感
杜陵無厚業不得駐車輪重到曾游處多非舊
主人東風千里樹西日一洲蘋又渡湘江水湘
江水復春
李頎
送人歸新定
歸心常共知歸路不相隨彼此無依倚東西又
別離山雲含雨亞江樹逆潮欹莫戀漁樵與人

生各有爲

送人南歸

行行野雲薄寒氣日通春故國入芳草滄江終
白身遊歸花落滿睡起鳥啼新不得來書扎空
令借問人

宿慈恩遂上人院

滿閣終南色清秋獨倚欄風高斜漢動葉下曲
江寒帝里求名老空門見性難吾師無一事不
似在長安

尋華山隱者

自入華山居關東相見踈缾中誰寄酒葉上我
留書巢鳥寒棲盡潭泉暮凍餘長聞得藥力此
說復何如

贈規上人

竹向空齋合無僧在四鄰去雲離坐石斜月到
禪身樹老風終夜山寒雪見春不知諸祖後傳
印是何人

張司馬別業

庭前樹盡手中栽先後花分幾度開巢鳥戀雛
驚不起野人思酒去還來自拋官與青山近誰

許身為白日催門外尋常行樂處重重嚴迹在

苺苔

秦系

山中贈張評事時授右衛佐

終年常避喧師事五千言流水閑過院春風與

閉門山客邀上客挂簀落華軒莫強教予起徵

官不足論

秋晚朱拾遺訪山居

不逐時人後終年獨閑關家中貧自樂石上卧

常閑遂更添新未識花帶老頭侍臣當獻納那

得到空山

劉長卿

酬包諫議見寄

佐郡棄頽蹤殊方親里閭家貧寒未度身老歲將除過雪山僧至依陽野客舒藥陳隨遠宦梅發對幽居落日棲鴉鳥行人達鯉魚高文不可和空愧學相如

尋常山南溪道人隱居

一路經行處莓苔見履痕白雲依静渚春草閉閑門過雨看松色隨山到水源溪花與禪意相

對亦忘言

漂母墓

昔賢懷一飯，茲事已千秋。古墓樵人識，前朝楚水流。渚蘋行客薦，山木杜鵑愁。春草茫茫綠，王孫舊此游。

北歸次秋浦界清溪館

萬里猿頻斷，孤村客暫遇。依彭蠡暮，人向宛陵稀。舊路青山在，餘生白首歸。漸知行近北，不見鷓鴣飛。

過思禪寺上方

上方憂旦暮臺殿隱曚曨遠磬秋山裏清猿古木中一溪連竹路諸嶺共松風儻許棲林下甘成白首翁

題裴式微餘干東齋亭

世事終成夢生涯半欲過白雲心已矣滄海意如何蘗杖全吾道榴花養太和春風騎馬醉江月釣魚歌散帙看虫蠹開關見雀羅遠山終日在芳草傍人多吏體莊生傲方言楚俗訛屈平君莫吊腸斷洞庭波

酬秦系

鶴書猶未至那出白雲來舊路經年別寒潮每
日回家空歸海燕人老發江梅寂憶門前柳閑
居手自栽

新安送穆喻德歸朝

九重宣室召萬里建溪行事直皇天在歸遲白
髮生用才身復起覩聖眼猶明離別寒江上潺
湲若有情

尋洪尊師不遇

古木無人地來尋羽客家道書堆玉案僊帔疊
青霞鶴老誰知歲松寒未作花山中不可見何

處化丹砂作梅

月下呈章秀才

自古悲揺落誰家奈此何夜蛬偏傍枕寒鳥數移柯向老三年謫當秋百感多家惟有月貧空愧子猷過

送鄭十二歸廬山

潯陽數畝宅歸卧掩柴關谷口何人在門前秋草閑忘機賣藥罷不語杖藜還舊笋成寒竹空齋向暮山水流過舍下雲去到人間挂樹花麈發囷竹寄一攀

長沙王墓下別張南史

長沙千載下春草獨萋萋流水朝還暮行人東復西苔碑幾字滅山木萬株齊唯有年芳在相看見解携

送李中丞歸漢陽別業

流落征南將曾驅十萬師罷歸無舊業老去戀明時獨立三邊靜輕生一劒知茫茫漢江上日暮欲何之

過張明府別業

寂寞東郭外白首一先生考滿孤琴在家移五

柝成夕陽臨水齡春雨向田畊終日空林下何
人識此情
送鄭説之歙州謁薛侍郎
漂泊來千里謳歌満百城漢家尊太守魯國重
諸生俗變人難理江傳水至清船經危石住路
入亂山行老得滄洲趣春傷白骨情嘗聞馬南
郡門下有康成
謫至千越亭作
天南愁望絶亭上柳條新落日獨歸鳥孤舟何
處人生涯投越徼世業陷胡塵杳杳鍾陵暮悠

悠番水春秦臺悲白首楚澤怨青蘋草色迷征
路鶯聲傍逐臣獨醒翻引笑直道不容身得罪
風霜苦全生天地仁青山數行淚滄海一窮鱗
牢落機心盡維憐鷗鳥親

秋日登吳公臺上寺郎陳明徹戰場

古臺搖落後秋入望鄉心野寺來人少雲峰隔
水深夕陽依舊壘寒磬滿空林惆悵前朝事長
江獨至今

碧澗別墅喜皇甫十六侍御相訪

荒村帶返照落葉亂紛紛古路無行客寒林獨

見君野橋經雨斷澗水向田分不爲憐同病何人到白雲

吴中贈别嚴士元

東風倚棹闔閭城水國春寒陰復晴細雨濕衣看不見閑花落地聽無聲日斜江上孤颿影草緑湖南萬里程東道若逢相識問青袍今已誤儒生

過賈誼宅

三年謫官此棲遲萬里唯留楚國悲秋草獨尋人去後寒林空見日斜時漢文有道恩猶薄湘

水無情吊豈知寂寂江山搖落處憐君何事到
天涯
送柳史君赴袁州
宜陽出守新恩至京國由家始願違五柳閑門
高士去三茵接節遠人歸月明江路聞猿斷花
暗山城見吏稀惟有郡齋窗裏岫朝朝長對謝
玄暉
獻南平王
建牙吹角不聞喧亂世登壇衆所尊家散萬金
州士已聞持一劒答君恩漁陽老將多回首身

國諸生半在門白馬蕭蕭春草綠邵陵西去獵
平原

次陸安寄友人

新年草色遠萋萋，客將歸失路蹊。暮雨不知萋
潰口，亂春風只到穆陵西。孤城盡日空花落，三
戶無人但鳥啼。君在江南相憶否，門前五柳幾
枝低。

李嘉祐

南浦渡口

寂寞橫塘路，新篁覆水低。東風潮信滿，時雨稻

秔齊寡婦供租稅漁人逐鼓鼙慚無卓魯術解
印謝黔黎

送房明府罷長寧令

君爲萬里宰恩及五湖人未滿先求退居閑不
厭貧遠峰晴更近殘柳雨還新要自趨丹陛明
年雜樹親

送岳州司馬弟之任

岳陽天水外念爾一颿過野墅人煙少山林鴈
影多有時巫峽色終日洞庭波丞相今爲郡應
無勞詠

送王牧往吉州謁史君叔

細草緑汀洲王孫耐薄游年華初冠帶文體舊弓裘野渡花争發春塘水亂流使君憐小阮應念倚門愁

自常州還江陰道中

處處空籬落江村不忍看無人花色慘多雨鳥聲寒黄霸初臨郡陶潛未罷官乘春務征伐誰肯問凋殘

和都官苗員外秋夜寓直對雨書所懐

多雨唐宫夜仙郎寓直時漏長丹鳳闕秋冷白

雲司螢影侵堦亂鴻聲出苑遲蕭條吏人散小

謝有新詩唐一作南

與從弟正字兄兵曹宴集

竹窻松戶有佳期美酒香茶慰所思輔嗣外生

偏解易惠連羣從摠能詩簷前花落春深後谷

口鶯啼日暮特去路歸家仍待月垂鞭不控馬

行遲

暮春宜陽郡齋愁坐忽聞柱劉七侍御

詩因以酬荅

年見夜亦帝諸葉表道逢春半是愁芳草津人

還易老落花隨水亦東流山臨睥睨常多雨地
接瀟湘畏及秋惟羨君爲周柱史手持黄紙到
滄洲

楊巨源

從太和公主和蕃

北路古來難年光獨認寒朔雲侵鬢起邊月向
眉殘蘆井尋沙到花門度磧看薰風一萬里來
處是長安

春日奉酬聖壽無疆詞

代是文明晝春當宴喜時爐烟添柳重宫漏出

門逢漢典方寬律周官正採詩碧霄傳鳳吹紅
旭在龍旗造化膺神器陽和沃聖慈無因隨百
獸率舞在丹墀門或作花

劉得仁

題故静祥院

寂寞身何在門人隔此生影懸塵已厚塔種栢
初成溪院秋先雪空堂古有精當時挂錫樹樹
老數枝傾

宿僧院

禪地無塵夜焚香話所歸樹搖幽鳥夢螢入定

僧衣破月斜天半高河下露微畨令嫌白日動
即與心違

昊天觀新栽竹

清風拔葉上山鳥。棲来根别古溝岸影生秋已
觀苔遍思諸草木惟此出塵埃恨爲移居晩空
庭更擬栽

朱慶餘

上江州李員外

起家聲望重自古更誰過得在朝廷步還因諫
諍多經年愁瘴癘幾處想恩波入境無餘事唯

聞父老歌

送淮陰丁明府

之官未及境已有愛人心遣吏回中路停船對遠林鳥聲淮浪静雨色稻苗深暇日公門掩唯聞伴客吟

上張水部

出入門闌久兒童亦有情不忘將姓字長説向公卿每許連床生時聞並馬行恩深轉無語懷抱自分明

送需州愼官韋校書

共知行樂處猶諳此時分職已為書記官曾校
典墳寒城初落葉高樹遠生雲邊事何須問深
謀只在君

哭胡遇

尋僧昨夜尚相隨忽見緋幡意可知題處舊詩
休更讀買來新馬憶曾騎不應隨分空營奠終
擬求人為立碑每作宣陽里中過遙聞哭（泣）臨淥
先垂

雍陶

送裴璋還蜀

家在劒門外新年音信稀自爲千里別已送幾
人歸陌上日初落馬前花正飛離言殊未盡春
雨滿行衣

塞上宿野寺

塞上蕃僧老天寒疾上關遠烟平似水高樹暗
如山去馬朝常急行人夜始閑更深聽刁斗時
到磬聲間

同賈島宿無可院

何處消愁宴携囊就遠僧中宵吟有雪空屋語
無燈靜院惟聞澤寒來旦光弦還因愛對客始

得見南能

寄宗靜上人

世上方傳法山中未得歸閑花飄講席馴鴿污
禪衣積雨誰過寺殘鍾自掩扉寒來垂頂帽白
髮剃應稀

郎士元

送友人別

暮蟬不可聽落葉豈堪聞共是悲秋客那知此
路分荒城背流水遠鴈入寒雲陶令門前菊餘
花可贈君

送奚賈歸吳

東南富春渚曾是謝公游今日奚生去新安江
正秋水容清過客楓葉落行舟遥想赤亭下聞
猿應夜愁

送彭將軍赴定州

雙旌漢飛將萬里授横戈春色臨關盡黄雲出
塞多鼓鼙悲絶漠烽火隔長河莫斷陰山路天
驕已請和

冬夕寄青龍寺源公

斂屨入寒竹安禪過漏聲高杉殘子落深井凍

痕生罷磬風枝動懸燈玊㙚明何當招我宿秉
月上方行
崔塗
旅舍別故人
一日又欲暮一年看又殘病知新事少老別舊
交難山盡路猶險雨餘春尚寒那堪試回首烽
火是長安
蜀城春望
天涯憔悴身一望一霑巾在處有芳草滿城無
故人懷才皆得路失計獨傷春青鏡不忍照鬢

毛應更新

夕次洛陽道中

秋風吹故城城下獨吟行高樹鳥已息古原人尚耕流年川暗度往事月空明不復嘆岐路馬頭塵夜生

屈原廟

讒勝禍難防沉冤信可傷本爲安楚國不是怨懷王廟古碑無字洲暗蕙有傷獨醒人尚少誰與奠椒漿

瓜嶼

幾行歸塞盡念爾獨何之暮雨相呼失寒塘欲下遲渚雲低暗度關月冷相隨未必逢矰繳孤飛自可疑

除夜有感

迢遞三巴路羈危萬里身亂山殘雪夜孤燭異鄉人漸與骨肉遠轉於童僕親那堪正漂泊明日歲華新

春日旅懷

水流花謝兩無情送盡東風過楚城胡蝶夢中家萬里杜鵑枝上月三更故園書動經年別華

髮春惟兩鬢生自是不歸歸便得五湖烟景有
誰爭
皇甫曾
送著公還越
誰能愁此別到越鮮相逢長憶雲門寺門前千
萬峰石床埋積雪山路斷枯松莫學白道者無
人知去蹤
寄劉長卿
南憶新安郡千峰帶夕陽斷猿知夜久秋草助
江長疎鬢憲成素青松獨見霜受才稱漢主題

拄待田郎

皇甫冉

巫山高

巫峽見巴東迢迢出半空雲藏神女館雨到楚王宫朝暮泉聲落寒暄樹色同清猿不可聽偏在九秋中

送韓司直又載劉隨州集

游吳還適越來往任風波復送王孫去其春如草何山明残雪在湖滿夕陽。季子留多遺廟停舟試一過

西陵寄一公

西陵遇風處自古是通津終日空江上雲山若待人汀洲寒事早魚鳥興情新南望山陰路吾心有所親

送元盛歸潛山

深山秋事早君去復何如裛露收新稼迎寒葺舊廬題詩即招隱作賦是閑居别後空相憶嵇康懶寄書

酬崔侍御期籍道士不至見寄

一公文步道幾歲矣真而丹竈今可在白雲無

間到有時

送王相公赴幽州

自昔蕭曹德難兼衛霍功勤勞無遠近旌節屢
西東不選山河卒還令萬里通御閑分善馬武
庫出琱弓遮虜關山靜防秋鼓角雄徒思一攀
送羸病華門中

獨孤中丞筵陪餞帝使君赴昇州

中司龍節貴上客虎符新地控吳襟帶才光漢
搢紳汎舟應度臈入境便行春何處歌來暮長

干建業人

三月三日嘉興李明甫後亭汎舟

江南烟景復如何聞道新亭更可過處處藝蘭
春浦緑萋萋畊草遠山多壺觴雖就陶彭澤風
俗猶傳晋永和更使輕棹徐轉去微風落日水
增波

秋日東郊作

閑看秋水心無事卧對寒松手自栽廬嶽高僧
留偈别茅山道士寄書來燕知社日辭巢去菊
[illegible]

徘徊

包信

嶺下臥病寄劉長卿

惟有貧兼病能令親愛疎歲時供放逐身世付空虛脛弱秋添絮頭風晚廢梳波瀾喧衆口藜藿靜吾廬喪馬思開卦占鵶懶發書十年江海隔離恨子知予

司空曙

耿緯就宿因傷故人

舊時聞笛淚此夜重沾衣方恨同懷少那堪相

見稀竹烟疑澗壑林霎似芳菲多謝勞車馬應
怜獨掩扉

過寶慶寺

黄葉前朝寺無僧寒殿開池晴龜出曝松暮鶴
飛回古井碑横草陰廊畫雜苔禪宮亦銷影塵
世轉堪哀

雲陽館與韓申卿宿别

故人江海别幾度惜山川乍見番疑夢相悲各
問年孤燈寒照雨濕竹晴浮烟更有朝明恨離

[illegible]

草長花落樹羸病強尋春無復少年意空餘華髮新青原晴見水白社靜逢人寄謝南宮客軒車不可親

喜外弟盧綸見宿

靜夜無四隣荒居舊業貧雨中黃葉樹燈下白頭人似我獨沈久愧君相見頻平生自有分况號蔡家親號一作是

送王閏

相送臨寒水蒼茫望故關江蕪連夢澤楚雪入

商山話我他年舊看君此日還因將自悲淚一
洒別離顏

耿緯

邠州留別

終歲山川路生涯竟若何艱難為客慣貧賤受
恩多暮角飄残韻寒流起細波懸愁茂陵宅喜
色又相過

早朝

鐘鼓餘聲裏千官向紫微冒寒人語少乘月燭

贈張将軍

寥落軍城暮重門返照間鼓鼙經雨暗士馬過
秋閑慣守臨邉郡曾營近磧山闗西舊業在夜
夜夢中還

沙上鴈

衡陽多道里弱羽復哀音還塞欲何處驚絃亂
此心夜陰前侶遠秋冷後湖深獨立沙汀意寧
知霜霰侵

贈朗公

來自西天竺持經奉紫微年深梵語變行苦俗流歸日上安禪久苔生出院稀梁間有馴鴿不去為無機

嚴維

送李端

故關衰草遍離別正堪悲路出寒雲外人歸暮雪時少孤為客早多難識君遲掩泣空相向風塵何所期

酬劉員外見寄

妙詩校填春水憐花惜夕陽遥谷詩憐未竟朝

朝問檝師

李端

巫山高

巫山十二峰皆在碧虛中迴合雲藏日霏微雨帶風猿聲寒過水樹色莫連空愁向高堂宿清秋見楚宫

聞蟬寄友人

昨日始聞鶯今朝蟬又鳴朱顔向白日定是幾年程故國白雲遠閑居秋草生因垂數行淚書

寄十年兄

茂陵山行陪韋金部

宿雨朝來歇空山天氣清盤空雙鶴下隔水一蟬鳴古道黃花落平蕪赤烧生茂陵雖有病猶得伴君行

雲際中峯

自得中峯住深林亦閑關經秋無客到入夜有僧還暗澗泉聲小荒岡樹影閑高亭不可望星月蒲空山

韋羽

春城乞食還高論此中閑僧臘皆前樹禪心江
上山踈簾看雪巻深户映花闌晚送門人去鐘
聲杳靄間

送元詵還江東

過江秋色在詩興與歸心客路緣楓岸家人掃
橘林潮聲當晝起山翠近南深幾日華陽洞寒
花引獨尋

送王相公赴幽州

黄閣開帷幄册壇拜冕旒位高湯左相權總漢

諸侯不改周南化仍分趙北憂雙旌過昜水千
騎入幽州塞草連天暮邉風動地秋無因陪遠
道結束佩吴鈎

戴叔倫　除夜宿石頭驛

旅館誰相問寒燈獨可親一年将盡夜萬里未
歸人寥落悲前事支離笑此身愁顔與衰鬢明
日又逢春

吴明府自遠至留宿

懽得幾回

逢許評事

萬里楊柳色出關逢故人輕烟霞流水落日照行塵積夢江湖遠憶家兄弟貧裴徊灞亭上不語共傷春

漸次涪州先寄王員外使君

文教通夷俗均輸問火田江分巴子水樹接夜郎烟毒瘴含秋氣陰厓閉曙天路難空計日身老不由年將命寧知遠歸心詎可傳星郎復何

事出守五溪邊

汝南別董校書

擾擾倦行役相逢陳蔡間如何百年内不見一人閑對酒惜餘景問程愁亂山秋風萬里至又出穆陵關

盧綸

題苗員外林亭

高甍絶行塵開簾似有春風傾竹上雪山對酒邊人步暖先逢日書空遠見隣還因内齋暇登

瘴海寄雙魚中宵達我居兩行燈下淚一紙嶺南書地說炎蒸極人稱老病餘殷勤報賈誼莫共酒杯疎

春日同李庚子遵善寺東院晚望

映竹水横分當山起鴈羣陽峯髙對寺陰井下通雲䨮晝惟逢鶴花時此見君由來禪誦地多有謝公文

題興善寺後池

隔窻摟白鳥似與鏡湖隣月照何年樹花逢幾

世人岸莎青有露苔逕綠無塵願得依容止僧
中老此身

李流園林

古巷牛羊出重門接柳陰閑看入竹路自有向
山心種藥齊幽樹畊田到遠林願同詞賦客得
與謝家深

酬暢當嵩山尋道士見寄

聞逐樵夫閑看棋忽逢人世是秦時開雲種玉
嫌山淺度海傳書恠鶴遲陰洞石幢微有字古

晚次鄂州

雲開遠見漢陽城猶是孤𩗗一日程估客晝眠知浪静舟人夜語覺潮生三湘愁鬢逢秋色萬里歸心對月明舊業已隨征戰盡更堪江上鼓鼙聲

祖詠

蘇氏别業

别業居幽處到來生隱心南山當户牖豐水在園林竹覆經冬雪庭昏未夕陰寥寥人境外閑

坐聽春禽

蘭峰贈張九臯（文苑作扈從御宿池）

君王既巡狩輦路入秦京遠樹低蒼壘孤山入草城寒踈清禁漏夜警羽林兵誰念迷方客長懷魏國情（蒼一作搶草一作幔）

綦毋潛

宿龍興寺

香刹夜忘歸松清古殿扉燈明方丈室珠繫比丘衣白月傳心浄青蓮喻法微天花落不盡處

寄李頎

衆木已揺落望君猶未還軒車在何處雨雪滿前山思昔文星動鄉遥釣渚閑明年見名姓惟我獨何顏

君不來

閑花未零落心緒已紛紛久客無人見新禽何處聞舟隨一水遠路出萬山分夜月生愁望孤光必照君

白艾原客

原上桑柘瘦再來還見貧滄洲幾年隱白髮一
莖新敗葉平空塹殘陽蒲近隣閑言説知己半
是學禪人

鏡湖西島言事寄陶校書

樵獵兩三戶㣙踈是近隣風雷前壑雨花木後
巖春文字不得力桑麻難救貧山禽欺稚子夜
犬吠漁人未必聖明代長將雲水親知音不延
薦無路出泥塵

旅次洋州寓居郝氏林亭

[illegible]

泉遶石泛觴遲青雲未得平行去夢到江南身
旅羇

龍泉寺絶頂

未明先見海底日良久遠雞方報晨古樹含風
常帶雨寒巖四月始知春中天爽氣星河近下
界時豐雷雨勻前後登臨思無盡年年改換往
來人

經陸補闕故山

不敢要君徵亦起致君全得似唐虞讜言聅嘆

離天聽新塚今聞入縣圖琴鎖壞窓風自響鶴
歸喬木夜難呼學書弟子何人在撿點猶逢諫
草無
靈一
同史君宿大梁驛
旌旗江上出花外卷簾空夜色臨城月春寒度
水風雖然行李別且喜詩音同若問康廬事終
身愧遠公
招　重還宜豐寺　問

今不好奇

酬皇甫冉將適越於雲門寺贈别

湖南通古寺來往意無涯欲適雲門寺千峯到若耶春山子敬宅古木謝敷家自可長偕隱那言相去賒

無可

晚秋寄賈島

瞎蕃生暮色默思坐西林聽雨寒更盡開門落葉深昔因京邑病併起洞庭心亦是吾兄事遲

回直至今

送呂郎中赴海州

出守滄洲上西風送佩旌路遥過幾郡地盡到孤城拜廟千山緑開樓遍海晴何人共東望月向積濤生

同劉升宿

浮雲流水心只是愛山林共恨多年别相逢一夜吟既能持苦節勿謂少知音憶就西池宿月圓松竹深

贈玉山人

湖上見秋色曠然如爾懷豈惟歡隴畝兼亦外形骸待月歸山寺彈琴坐暝齋布衣閑自貴何用謁天階

貫休

寒思廬山賈生

山兄詩癖甚寒夜更何為覓句如頑石嚴霜打不知石膏粘木屐厓栗落冰池近見禪僧説生涯勝往時 如一作唯 石一作坐

題簡禪師院

機忘室亦空靜與沃州同惟有半竹庭能生竟
日風思山海月上出定印香終繼後傳衣者還
湏立雪中

岑參

送韋侍御先歸京

聞欲朝龍闕應湏拂豸冠風霜隨馬去炎暑爲
君寒客淚題書落鄉愁對酒寬先憑報親友後
月到長安

送鄭少府赴滏陽

絲看青山入官舍黄鳥出宮墻老至金臺上[illegible]

憐魏寢荒

張衆甫

送李司直使吳

使臣方擁傳王事遠辭家震澤逢殘雨新豐過落花水萍千葉散風柳萬條斜何處看離恨春江無限沙

張南史

送余贊善使還赴薛尚書幙

音書不可論河塞雪紛紛鴈足期蘇武狐裘見

薛君城池通紫陌鞍馬入黄雲遠憶漳渠水平流幾處分

周朴

寄方干

桐廬江水閑終日對柴關因想別離處不知多少山釣舟春岸泊庭樹晚烟還莫便求栖隱桂枝堪恨顔烟一作鶯

張蠙

送董卿知台州

上石橋行

吊孟浩然

每聽樵人説孤墳亦夜吟若重生此世應更苦

前心名與襄陽遠詩同漢水深覩栽鹿門樹猶

蔭石床陰

别後寄友人

上馬如飛鳥翩然去隔塵共看今夜月獨作異

鄉人就養江田熟移居井賦新襄陽所卜隱應

與孟家隣

張祐

觀徐州李司空獵

曉出郡城東分圍淺草中紅旗開向日白馬驟迎風背手抽金鏃翻身控角弓萬人齊指處一鴈落寒空

招隱寺

千年戴顒宅佛廟此崇修古井人名在清泉鹿跡幽竹兖寒閑院山影夜藏樓未得高僧旨烟霞空暫遊

堂雲樹影中流見鐘聲兩岸聞因悲在朝市終
日醉醺醺
惠山寺
舊宅人何在空門客自過泉聲到池盡山色上
樓多小洞斜穿竹重欄夾細莎慇懃望城市雲
水暮鐘和
李季蘭
送韓揆之江西
相看指揚柳別恨轉依依萬里西江水孤舟何

處歸湓城潮不到夏口信應稀惟有衡陽鴈年
年來去飛

許渾

筭山津送客歸峽中

津亭多別離楊栁半無枝住接猿啼處行逢鴈
過時江颻望風急山月下樓遲此夕歸城郭不
眠人詎知

凌歊臺

宋祖髙髙樂未回三千歌舞宿層臺湘潭雲盡

綠莒
張祐佐

憶遊天台寄道流

憶昨天台到赤城幾朝僊籟耳中生雲龍出水
風聲急海鶴鳴皐日色清石笋半山移步險桂
花當澗拂衣輕今來盡是人間夢劉阮茫茫何
處行

馬戴

集宿姚侍御宅懷永樂宰殷侍御

石田虞芮接種栁白雲陰宂閉神蹤古河流禹鑿深樵人應蒲郭僊鳥幾巢林此會偏相語曾供雪夜吟供一作同

送人游蜀

別離楊柳陌迢遞蜀門行若聽清猿後應多白髮生虹霓侵棧道雨雪雜江聲過盡愁人處烟雲是錦城

張循之

巫山高

知入夢人九或作二

張繼

嚴陵釣臺

舊隱人如在春風亦似秋客星沉夜壑釣石俯清流鳥向喬枝聚魚依淺瀨游古來芳餌下誰是不吞鉤

章八元

新安江行

江源南出永野飯蹔維梢古戍懸漁網空林露

鳥巢雪晴山脊見沙淺浪痕交自笑無媒者逢
人作解嘲

李益

喜外弟文言别

十年離亂後長大一相逢問姓驚初見稱名憶
舊容别來滄海事語罷暮天鐘明日巴陵道秋
山又幾重

同崔邠登鸛雀樓

鸛雀樓高百尺墻汀洲寒樹共茫茫漢家簫鼓
隨流水魏國山河半夕陽事去千年猶恨速愁

自傷

張喬

題河中鸛雀樓

高樓懷古動悲歌鸛雀今無野燕過樹隔五陵秋色早水連三晉夕陽多漁人遺火成寒燒牧笛吹風起夜波十載重來值搖落天涯歸計欲如何

呂温

道州秋夜南樓即事

誰令獨坐愁此日此南樓雲去舜祠閑月明湘
水流猿聲何處曉楓棄滿山秋不照匣中鏡少
年看白頭

于鵠

贈隱者

去尋長不在門似絶人行床下石菖蒲屋頭秋
草生學琴冬日短寫易曉窻明惟到黄昏後溪
中聞磬聲

崔顥

羽林風霜臣節苦歲月主恩深為語西河使知
予報國心

項斯

春題湖上顧代新居

近得雲山看門長侵早開到時猶有雪行處已
無苔勸酒客初醉留茶僧未來每逢晴暖日惟
見乞花栽

送殷秉游邊

語別無長夜燈前聞曙鴉已行難避雪何處合

逢花隴寺門多閑荒樓酒不賒還須問邉将早晚是誰家

山中

青櫪林中亦有人一渠流水數家分山當午後回峯影草帶泥痕過鹿群蒸落氣衝茅屋出繰繰聲隔竹籬聞行逢賣藥歸來客不惜相隨入白雲

崔峒

贈李明府

日還應便觸邪可惜陶潛無限酒不逢籬菊正
開花
包何
和程貟外春日東郊即事
郎官休澣怜遲日野老歡娛為有年幾處折花
驚蝶夢數家留葉待蠶眠藤垂委地縈朱履泉
長侵階浸緑錢直到閑關朝謁去鶯聲不散柳
如煙
竇常

之任武陵寒食日途次松滋渡先寄劉
員外禹錫
杏花榆莢曉風前雲際離離上峽船江轉數程
淹驛騎楚曾三戶少人煙看春又過清明節筭
老重經癸己年幸得杜(桂)山當郡舍在朝長恨(咏)卜
居篇
趙嘏
長安秋望
雲物淒凉拂曙流漢家宮闕動高秋殘星數點

楚囚

薛能

獻僕射相公

清如氷玉重如山百辟嚴趨禮絶攀强虜外聞

應破膽平人長見盡開顔朝廷有道青春好門

館無私白日閑致卻垂衣更何事幾多詩句詠

闗闗

劉威

遊東湖黄處士園

偶向東湖更向東數聲雞犬翠微中遥知楊柳
是門處似隔芙蓉無路通樵客出來山帶雨漁
舟過去水生風物情多與閑相稱所恨求安計
不同

鄭谷

鷓鴣

暖戲烟蕪錦翼齊品流應得近山雞雨昏青草
湖邊過花落黄陵廟裏啼遊子乍聞征袖濕佳
人纔唱翠眉低相呼相喚湘江曲苦竹叢深春

寄隱者

煙郭雲扃路不遥懷賢猶恨太迢(迢)長松夜落釵千股小港春深水半腰已約病身抛印綬(綬)不嫌門巷似漁樵渭濵晦迹南陽卦若比吾徒更寂寥

羅隱

揚州開元寺閣上作

滿檻山川漾落暉檻前前事去如飛雲中雞犬劉安過月下笙歌煬帝歸江蟨海門颻散出地

吞淮口樹相依紅樓翠幙知多少長向東風有
是非

李羣玉

黄陵廟

小孤洲北浦雲邊二女明粧共儼然野廟向江
春寂寂古碑無字草芊芊東風近墓吹芳芷落
日深山哭杜鵑猶似含嚬望巡狩九疑如黛隔
湘川

皮日休

来聽法猶見隣僧為引泉龕上已生新石耳壁
間空帶舊茶烟南宗子弟時時到泫把山花奠
几筵

杜荀鶴

春宫怨

早被嬋娟誤欲粧臨鏡慵承恩不在貌教妾若
為容風暖鳥聲碎日高花影重年年越溪女相
憶釆芙蓉

茅山

步步入山門仙家鳥逕分漁樵不到處麋鹿自

成羣石向迸出水松頭穿破雲道人星月下相

次禮茅君

訪道者不遇

寂寂白雲門尋真不遇真只應松上鶴便是洞

中人藥圃花香異沙泉鹿跡新題詩留姓字他

日此相親

題王處士書齋

先生高興似樵漁水鳥山猿一處居石逕可行

何如

題覺禪

少見修行得似師茅堂佛像亦隨時禪衣衲後
雲藏線夏臘高來雪印眉畊地戒侵連塚土伐
薪教護帶巢枝有時問着經中事却道山僧摠
不知

張籍

薊北春懷

渺渺水雲外望來鄉信稀因逢過江使却寄在

家衣問路更愁遠送人空説歸今朝薊城北又
見塞鴻飛

過賈島幽居

青門坊外住行坐見南山此地去人遠知君終
日閑蛙聲籬落下草色戶庭間好是經過處惟
愁暮獨還

羅道士

城市無人得實年衣襟長帶臭黄烟樓中賒酒
唯留藥洞裏争棋不賭錢聞客語音知貴賤對

任藩

葛仙井

古井碧沉沉分明見百尋味甘傳邑内脉冷應
山心圓入月輪净直涵峯影深自從仙去後汲
引到如今

秋晚途次

秋色蒲行路此時心不閑孤貧遊上國少壯有
衰顔衆鳥已歸樹旅人猶過山蕭條遠林外風
急水潺潺

劉商

春日卧病

楚客經年病孤舟人事稀晚晴江柳變春夢塞鴻歸今日方知命前身自覺非不能憂歲計無限故山薇

楊發

南溪書院

茆屋住來久山深不置門草生垂井口花落擁籬根入院將鷄鳥攀蘿抱子猿曾逢異人說風

題勝果寺

路自中峯上盤回出薜蘿到江吳地盡隔岸越山多古木蔽青靄遥天浸白波下方城郭近鐘磬雜笙歌

戎昱

羅江舍

山縣秋雲暗茆亭暮雨寒自傷庭葉下誰問客衣單有興時添酒無聊自整冠近來國鄉夢夜夜到長安

于良史

冬日野望長安

地際朝陽蒲天邊宿霧收風兼殘雪起河帶斷冰流北闕馳心極南圖尚旅遊登臨思不已何處可銷憂

王灣

次北固山下

客路青山外行舟綠水前潮平兩岸闊風正一帆懸海日生殘夜江春入舊年鄉書何處達歸鴈洛

送惠補闕

詔下徵巖野高人入仕林長因抗疏日更作去
官心清俸供僧盡滄州寄跡深東門有歸路徒
自棄華簪

劉禹錫

蚕春對雪寄澧州元郎中

新賜除書墨未乾賢人蹔屈遠人安朝驅旌斾
行時令夜見星辰憶舊官梅蘂覆階鈴閣煖雪
峰當戶戟枝寧寒知楚客思公子北望長吟澧

有蘭

送河南馮尹之任

可憐五馬風流地，蹔綴金貂侍從才。閣上掩書劉向去，門前修刺孔融來。崤陵路靜寒無雨，洛水橋長晝起雷。却羨府中棠棣好，先於城外百花開。

裴相公見示答張秘書謝馬并詩羣公屬和

草玄門巷少塵埃，丞相并州寄馬來。初自塞垣

清才

酬竇使君寒食日松滋先寄

楚鄉寒食橘花時野渡臨風駐彩旗草色連雲
人去住水紋如縠燕差池朱輪尚憶雙飛雉青
綬猶懸左顧龜非是漁溢城白司馬水曹何事
與新詩

寄朗州温右史曹長

壍别瑶池鴛鷺行綵旗雙引到沅湘城邊流水
桃花過簾外春風杜若香史筆枉將書紙尾朝

纓不稱濯滄浪雲臺功業家聲在徵詔何時出
建章

江陵沿流道中

三千三百西江水自古如今要路津月夜歌謡
有漁父風天氣色屬商人沙村好處多逢寺山
葉紅時各勝春行到南朝征戰地古来名將盡
為神

酬樂天揚州初逢席上見贈

巴山楚水淒涼地三十三年棄置身懷舊空吟
聞笛賦到鄉翻似爛柯人沉舟側畔千帆過病

前頭萬木春今日聽君歌一曲暫憑杯酒長

精神

題于家公主舊宅

樹蒲荒臺葉滿池簫聲一絶草虫悲鄰家猶學

宫人髻園客争偷御菓枝馬埒蓬蒿藏狡兎鳳

樓烟雨嘯愁鴟何郎獨在無恩澤不似當年傳

粉時

王貞白

金陵

恃險不種德興亡歎數窮石城幾换主天塹漫

連空御路疊民塚臺基聚牧童折碑猶有字多

紀晉英雄

衆妙集卷終

嘉靖丙申臘月晦日宋本摹書時寓繡石堂

五十五紙

衆妙集

國家圖書館藏明天啓五年汲古閣刻清古松堂重修本

汲古閣原本

詩詞雜俎

衆妙集

剪綃集

四時田園雜興

月泉吟社

谷音

河汾諸老詩

三家宮詞

王建、王珪

花蕊夫人

三家宮詞

宋徽宗

楊太后

二妙詞

漱玉詞

斷腸詞

女紅餘志

古松堂藏板

序

小星鶴鳴三百篇之宮

詞也若金環而御夕鳴

玉佩以鸞是其萬世

喈之耀躍與翩後貽陽

窮之摘翟之凝彩聯篇鈎
墨沈之手韜之黄孝累牘
盈於玄雲失護蕪軒日塵
或倚綠雲日綴細風月思
雖向括風埃楳筆車輕

慶雲羅蓋不飛華搖藻繪
景攄懷白滴齋饑之淚紅
拭撥袖之血追夫才人學
士感恩無聊負設承意
之爲情寄檀埠之邀圖

生動來吾花賤而屬予
題寫琅邪却展素紙而揮
毫箋非云噴玉屑華落珠
霏多者百篇少亦數什自
唐迄宋先輩三家似稱

本也客子家之參錯予家
之誤漫當家校訂以俟後
人嗚呼
天啟乙丑三月杪毛晉漫題

趙天樂選唐衆妙集家數

李頻十六首

秦系二首

劉長卿二十三首

李嘉祐九首

楊巨源二首

劉得仁三首

朱慶餘五首

雍陶四首

郎士元四首

崔塗七首

皇甫曾二首

皇甫冉九首

包佶一首

司空曙六首

耿湋五首

嚴維二首

無可三首

護國一首

貫休二首

岑參二首

張衆甫一首

張南史一首

周朴一首

張蠙三首

張祜四首
李季蘭一首
許渾二首
張佐一首
馬戴二首
張循之一首
張繼一首
章八元一首

皮日休一首

杜荀鶴五首

張籍三首

任藩二首

劉商一首

楊發一首

處默一首

戎昱一首

于良史一首

王灣一首

林寛一首

劉禹錫八首

王貞白一首

已上七十六家共二百二十八首

趙天樂選唐衆妙集家數

眾妙集

汴　趙師秀紫芝編

沈佺期

塞北

胡騎犯邊埃風從丑上來五原烽火急六郡羽書催冰壯飛狐冷霜濃候鴈哀將軍朝授鉞戰士夜銜枚紫塞金河裏葱山鐵勒隈蓮花秋劒發桂葉曉旗開祕略三軍動妖氛百戰摧何言投筆去終

作勒銘回

同蘇員外味玄夏晚寓直省中

並命登僊閣分宵直禮闈大官供宿膳侍史護朝衣卷幔天河入當階月露微小池殘暑退高樹晚凉歸冠劒無時釋軒車待漏飛明朝題漢柱三署有光輝

盧象

趙都護宴別

結客候旌麾元戎復在斯門開都護府兵動羽林
兒黠虜多翻覆謀臣有别離智同天所授恩向日
相隨漢使開賓幕胡笳送酒卮風霜迎馬首雨雪
事魚麗在策應無戰深情屬載馳不應行萬里明
主寄安危

王維

從岐王過楊氏别業

楊子談經所淮王載酒過興闌啼鳥喚坐久落花

多逕轉回銀燭林開散玉珂巖城畤未啓前路擁

笙歌

山居

寂寞掩柴扉蒼茫對落暉鶴巢松樹遍人訪蓽門

稀綠竹含新粉紅蓮落故衣渡頭燈火起處處採

菱歸

終南山行

太乙近天都連山到海隅白雲迴望合青靄入看

無分野中峰變陰晴衆壑殊欲投人宿處隔水問
樵夫

觀獵

風勁角弓鳴將軍獵渭城草枯鷹眼疾雪盡馬蹄
輕忽過新豐市還歸細柳營廻看射鵰處千里暮
雲平

送丘爲落第歸江東

憐君不得意況復柳條春爲客黄金盡還家白髮

新五湖三畝宅萬里一歸人知爾不能薦羞稱獻
納臣

送晁監歸日本

積水不可極安知滄海東九州何處所萬里若乘
空向國惟看日歸帆但信風鼇身映天黑魚眼射
波紅鄉樹扶桑外主人孤島中別離方異域音信
若爲通

秋歸輞川莊作

積雨空林烟火遲蒸藜炊黍餉東菑漠漠水田飛
白鷺陰陰夏木囀黃鸝山中習靜觀朝槿松下清
齋折露葵野老與人爭席罷海鷗何事更相疑

孟浩然

歲晚歸南山

北闕休上書南山歸敝廬不才明主棄多病故人
疎白髮催年老青陽逼歲除永懷愁不寐松月夜
窻虛

夜渡湘水

客行貪利涉夜裏渡湘川露氣聞芳杜歌聲識採蓮榜人投岸火漁子宿潭烟行旅時相問涔陽何處邊

洞庭湖

八月湖水平涵虚混太清氣蒸雲夢澤波動岳陽城欲濟無舟檝安居恥聖明坐看垂釣者空有羨魚情

過故人莊

人具雞黍邀我至田家綠樹村邊合青山郭外
斜開筵面場圃把酒話桑麻待到重陽日還來就
菊花

錢起

送劉相公催轉運事

國用資戎事臣勞爲主憂將徵任土貢更發濟川
舟擁傳星還去過池鳳不留惟高飲冰節稍淺別

家愁落葉淮邊雨孤山海上秋遥知謝公輿微月在江樓

送少微師西行

隨緣忽西去何日返東林世路無期別空門不住心人烟一飯少山雪獨行深天外猿啼處誰聞淸梵音

暇日題草堂

爲郎過壯歲晚景對秋天門掩蒼苔上池淸寒竹

前通經未拾紫煉藥不成仙且醞東皋黍愁來得
醉眠

寄郢州郎使君

龍節知無事江城不掩扉詩傳過客遠書到故人
稀坐嘯看潮起行春送鴈歸望舒三五夜思盡謝
玄暉

送彈琴李長史赴洪州

抱琴爲傲吏孤櫂復南行幾處秋江水皆添白髮

聲佳期來客夢幽興綴王程佐牧無勞問心和政自平

裴廸書齋翫月

夜來詩酒興月上謝公樓影閉重門靜寒生獨樹秋鵲驚隨葉散螢遠入烟流今夕遥天末淸輝幾處愁

闕下逢閽舍人

二月黄鸝飛上林春城紫陌曉沉沉長樂鐘聲花

外盡龍池柳色雨中深陽和不散窮途恨霄漢長懸捧日心獻賦十年猶未遇羞將白髮戴華簪

石門春暮

自笑鄙夫多野性貧居數畝半臨湍溪雲雜雨來茆屋山雀將雛傍藥欄仙籙滿床閑不厭陰符在篋老羞看更憐童子宜春服花裏尋師到杏壇

周賀

贈幼羣法師

北京從別後南越幾聽砧住久白髭出講長黃葉深香連隣舍像磬徹遠巢禽寂寞應關道何人見此心

贈柏巖禪師

野寺絕依念空山曾遍行老來披衲重病起讀經生乞食嫌村遠尋溪愛路平多年柏巖住不識柏巖名

如空上人移居

竹溪入講住何日向中峰瓦舍山情少齋身病色
濃臘高移坐次菊淺露行蹤來往溢城下三年兩
度逢

哭柏巖

林遷西風急松枝講抄餘凍髭亡夜剃遺偈病時
書地爆焚身後堂空著影初此時頻下淚曾省到
吾廬

寄朱餘慶

已當聽鴈夜多事不同居故疾離城晚秋霖見月
疎趂鐘關靜戶帶葉卷殘書蕩槳期南去荒園久
廢鋤

玉芝觀張道士房

四面松山合空堂畵老僊蘊根停雪水曲角積茶
烟道至機心盡宵清琴韻全獨嫌來又去不得坐
經年

再經王叟居

停橈因舊識白髮問波濤以我往來倦知君耕稼
勞渚田臨舍盡坂路出簷高愛此還南去終期會
爾曹

贈李主簿

稅時兼主印每日得閑稀對客放科吏爲官亦典
衣案遲吟坐待宅近步行歸見說論詩道應愁斷
是非放一作方

贈厲玄侍御

山松遥與瀑泉通巾舄行吟想越中塞鴈去經華
表木鄉僧來自海濤東闊分河漢秋鐘絶露滴獮
猴夜岳空抱疾因尋周柱史杜陵寒葉落無窮

于武陵

客中

楚人歌竹枝遊子淚沾衣異國久爲客寒宵頻夢
歸一封書未返千樹葉皆飛南過洞庭水更應消
息稀

贈王隱人

石室掃無塵人寰與此分飛來南浦樹半是華山雲浮世幾多事先生應不聞寒川滿斜日空照鴈成羣

南游有感

杜陵無厚業不得駐車輪重到曾游處多非舊主人東風千里樹西日一洲蘋又渡湘江水湘江水復春

李頻

送人歸新定

歸心常共知歸路不相隨彼此無依倚東西又别離山雲含雨亞江樹逆潮攲莫戀漁樵興人生各有爲

送人南歸

行行野雲薄寒氣日通春故國入芳草滄江終白身遊歸花落滿睡起鳥啼新不得來書札空令借

問人

宿慈恩寺遂上人院

滿閣終南色凊秋獨倚欄風高斜漢動葉下曲江寒帝里求名老空門見性難吾師無一事不似在長安

尋華山隱者

自入華山居關東相見疎匏中誰寄酒葉上我留書巢鳥寒栖盡潭泉暮凍餘長聞得藥力此說復

何如

贈規上人

竹向空齋合無僧在四鄰去雲離坐石斜月到禪身樹老風終夜山寒雪見春不知諸祖後傳印是何人

張司馬別業

庭前樹盡手中栽先後花分幾度開巢鳥戀雛驚不起野人思酒去還來自拋官與青山近誰許身

爲白日催門外尋常行樂處重重屐迹在莓苔

秦系

山中贈張評事時授右衛佐

終年常避喧師事五千言流水閑過院春風與閉門山客邀上客桂實落華軒莫強教予起微官不足論

秋晩朱拾遺訪山居

不逐時人後終年獨閉關家中貧自樂石上臥常

閅墜栗添新味殘花帶老顔侍臣當獻納那得到

空山

劉長卿

酬包諫議見寄

佐郡棄頑疎殊方親里閭家貧寒未度身老歲將

除過雪山僧至依陽野客舒藥陳隨遠宦梅發對

幽居落日棲鴞鳥行人達鯉魚高文不可和空愧

學相如

尋常山南溪道人隱居

一路經行處莓苔見履痕白雲依靜渚春草閉閑
門過雨看松色隨山到水源溪花與禪意相對亦
忘言

漂母墓

昔賢懷一飯兹事已千秋古墓樵人識前朝楚水
流渚蘋行客薦山木杜鵑愁春草萋萋綠王孫舊
此游

北歸次秋浦界清溪館

萬里猿頻斷孤村客暫依鴈過彭蠡暮人向宛陵稀舊路青山在餘生白首歸漸知行近北不見鷓鴣飛

題思禪寺上方

上方幽且暮臺殿隱曚曨遠磬秋山裏清猿古木中一溪連竹路諸嶺共松風儻許棲林下甘成白首翁

題裴式微餘干東齋亭

世事終成夢生涯半欲過白雲心已矣滄海意如何藜杖全吾道榴花養太和春風騎馬醉江月釣魚歌散帙看蟲蠹開關見雀羅遠山終日在芳草傍人多吏體莊生傲方言楚俗訛屈平君莫弔腸斷洞庭波

酬秦系

鶴書猶未至那出白雲來舊路經年別寒潮每日

回家空歸海燕人老發江梅最憶門前柳閑居手
自栽

新安送穆賒德歸朝

九重宣室召萬里建溪行事直皇天在歸遲白髮
生用才身復起覲聖眼猶明離別寒江上潺湲若
有情

尋洪尊師不遇

古木無人地來尋羽客家道書堆玉案僊帔疊青

霞鶴老難知歲松寒未作花山中不可見何處化
丹砂松或作梅

月下呈章秀才

自古悲揺落誰家奈此何夜蛩偏傍枕寒鳥數移
柯向老三年謫當秋百感多家貧惟有月空愧子
猷過

送鄭十二歸廬山

潯陽數畝宅歸臥掩柴關谷口何人在門前秋草

閑忘機賣藥罷不語杖藜還舊筭成寒竹空齋向
暮山水流過舍下雲去到人間桂樹花應發因行

寄一攀

長沙王墓下别張南史

長沙千載下春草獨萋萋流水朝還暮行人東復
西苔碑幾字滅山木萬株齊唯有年芳在相看見
解攜

送李中丞歸漢陽别業

流落征南將曾驅十萬師罷歸無舊業老去戀明
時獨立三邊靜輕生一劒知茫茫漢江上日暮欲
何之

過張明府別業

寥寥東郭外白首一先生考滿孤琴在家移五柳
成夕陽臨水釣春雨向田耕終日空林下何人識
此情

送鄭說之歙州謁薛侍郎

漂泊來千里謳歌滿百城漢家尊太守魯國重諸
生俗變人難理江傳水至淸船經危石佳路入亂
山行老得滄洲趣春傷白骨情嘗聞馬南郡門下
有康成

謫至干越亭作

天南愁望絕亭上柳條新落日獨歸鳥孤舟何處
人生涯投越徼世業陷胡塵杳杳鍾陵暮悠悠鄱
水春秦臺悲白首楚澤怨靑蘋草色迷征路鶯聲

傍逐臣獨醒詶引笑直道不容身得罪風霜苦全
生天地仁靑山數行淚滄海一窮鱗牢落機心盡
唯憐鷗鳥親

秋日登吳公臺上寺寺卽陳明徹戰場

古臺摇落後秋入望鄉心野寺來人少雲峰隔水
深夕陽依舊壘寒磬滿空林惆悵前朝事長江獨
至今

碧澗別墅喜皇甫十六侍御相訪

荒村帶返照落葉亂紛紛古路無行客寒林獨見君野橋經雨斷澗水向田分不爲憐同病何人到白雲

吳中贈別嚴士元

東風倚棹闔閭城水國春寒陰復晴細雨溼衣看不見閑花落地聽無聲日斜江上孤帆影草綠湖南萬里程東道若逢相識問青袍今已誤儒生

過賈誼宅

三年謫宦此棲遲萬里唯留楚國悲秋草獨尋人
去後寒林空見日斜時漢文有道恩猶薄湘水無
情弔豈知寂寂江山揺落處憐君何事到天涯

送柳史君赴袁州

宜陽出守新恩至京國因家始願違五柳閉門高
士去三苗按節遠人歸月明江路聞猿斷花暗山
城見吏稀惟有郡齋窻裏岫朝朝長對謝玄暉

獻南平王

建牙吹角不聞喧亂世登壇衆所尊家散萬金酬
士死身持一劒荅君恩漁陽老將多回席魯國諸
生半在門白馬翩翩春草細邵陵西去獵平原

次陸安寄友人

新年草色遠萋萋久客將歸失路蹊暮雨不知涢
口處春風只到穆陵西孤城盡日空花落三戶無
人但鳥啼君在江南相憶否門前五柳幾枝低

李嘉祐

南浦渡口

寂寞横塘路新篁覆水低東風潮信滿時雨稻秔齊寡婦供租稅漁人逐鼓鼙慚無卓魯術解印謝黔黎

送房明府罷長寧令

君爲萬里宰恩及五湖人未滿先求退居閑不厭貧遠峰晴更近殘柳雨還新要自趨丹陛明年雞樹親

送岳州司馬弟之任

岳陽天水外念爾一颿過野墅人煙少山林鴈影多有時巫峽色終日洞庭波丞相今爲郡應無勞者歌

送王牧往吉州謁使君叔

細草綠汀洲王孫耐薄游年華初冠帶文體舊弓裘野渡花爭發春塘水亂流使君憐小阮應念倚門愁

自常州還江陰道中

處處空籬落江村不忍看無人花色慘多雨鳥聲寒黄霸初臨郡陶潛未罷官乗春務征伐誰肯問凋殘

和都官苗員外秋夜寓直對雨書所懷

多雨唐宫夜仙郎寓直時漏長丹鳳闕秋冷白雲司螢影侵堦亂鴻聲出苑遲蕭條吏人散小謝有新詩

唐一　作南

與從弟正字兄兵曹宴集

竹窻松戶有佳期美酒香茶慰所思輔嗣外生偏解易惠連羣從總能詩簷前花落春深後谷口鶯啼日暮時去路歸家仍待月垂鞭不控馬行遲

暮春宜陽郡齋愁坐忽枉劉七侍御詩因以酬荅

子規夜夜啼櫧葉遠道逢春半是愁芳草伴人還易老落花隨水亦東流山臨睥睨常多雨地接瀟

湘臯及秋惟羨君爲周柱史手持黄紙到滄州

楊巨源

從太和公主和番

北路古來難年光獨認寒朔雲侵鬢起邊月向眉

殘蘆井尋沙到花門度磧看薰風一萬里來處是

長安

春日奉酬聖壽無疆詞

代是文明晝春當宴喜時爐烟添柳重宫漏出門

遲漢典方寛律周官正採詩碧霄傳鳳吹紅旭在
龍旗造化膺神器陽和沃聖慈無因隨百獸率舞
在丹墀門或作花

劉得仁

題故靜祥院

寂寞身何在門人隔此生影懸塵已厚塔種柏初
成溪院秋先雪空堂古有精當時挂錫樹樹老數
枝傾

宿僧院

禪地無塵夜焚香話所歸樹揺幽鳥夢螢入定僧衣破月斜天半高河下露微飜令嫌白日動即與心違

吴天觀新栽竹

淸風枝葉上山鳥已棲來根别古溝岸影生秋觀苔遍思諸草木惟此出塵埃恨爲移居晚空庭更擬栽

朱慶餘

上江州李員外

起家聲望重，自古更誰過。得在朝廷少，還因諫諍多。經年愁瘴癘，幾處想恩波。入境無餘事，唯聞父老歌。

送淮陰丁明府

之官未及境，已有愛人心。遣吏回中路，停船對遠林。烏聲淮浪靜，雨色稻苗深。暇日公門掩，唯聞伴

客吟

上張水部

出入門闌久兒童亦有情不忘將姓字長說向公卿每許連床坐時聞並馬行恩深轉無語懷抱自分明

送需州幕官韋校書

共知行樂處猶識此時分職已為書記官曾校典墳寒城初落葉高樹遠生雲邊事何須問深謀只

在君

哭胡遇

尋僧昨夜尚相隨忽見緋幡意可知題處舊詩休更讀置來新馬憶曾騎不應隨分空營奠終擬求人爲立碑毋作宣陽里中過遥聞哭臨淚先垂

雍陶

送裴璋還蜀

家在劍門外新年音信稀自爲千里别已送幾人

歸陌上日初落馬前花正飛離言殊未盡春雨滿行衣

塞上宿野寺

塞上蕃僧老天寒疾上關遠烟平似水高樹暗如山去馬朝常急行人夜始閑更深聽刁斗時到磬聲間

同賈島宿無可院

何處消愁宽攜囊就遠僧中宵吟有雪空屋語無

燈靜院惟聞鐸寒床但枕肱還因愛閑客始得見
南能

寄宗靜上人

世上方傳法山中未得歸閑花飄講席馴鴿汚禪
衣積雨誰過寺殘鐘自掩扉寒來垂項帽白髮剃
應稀

郎士元

送友人別

暮蟬不可聽落葉豈堪聞共是悲秋客那知此路分荒城背流水遠鴈入寒雲陶令門前菊餘花可贈君

送奚賈歸吴

東南富春渚曾是謝公游今日奚生去新安江正秋水容清過客楓葉落行舟遥想赤亭下聞猿應夜愁

送彭將軍赴定州

雙旌漢飛將萬里授横戈春色臨關盡黄雲出塞多鼓聲悲絶漠烽火隔長河莫斷陰山路天驕已請和

冬夕寄青龍寺源公

歛屨入寒竹安禪過漏聲高杉殘子落深井凍痕生罷磬風枝動懸燈雪屋明何當招我宿乘月上方行

崔塗

旅舍別故人

一日又欲暮一年看又殘病知新事少老別舊交難山盡路猶險雨餘春尚寒那堪試回首烽火是長安

蜀城春望

天涯憔悴身一望一霑巾在處有芳草滿城無故人懷才皆得路失計獨傷春青鏡不忍照鬢毛應更新

夕次洛陽道中

秋風吹故城城下獨吟行高樹鳥已息古原人尚耕流年川暗度往事月空明不復嘆岐路馬頭塵夜生

屈原廟

讒勝禍難防沈冤信可傷本圖安楚國不是怨懷王廟古碑無字洲晴蕙有傷獨醒人尚少誰與奠椒漿

孤鴈

幾行歸塞盡念爾獨何之暮雨相呼失寒塘欲下
遲渚雲低暗度關月冷相隨未必逢矰繳孤飛自
可疑

除夜有感

迢遞三巴路羈危萬里身亂山殘雪夜孤燭異鄉
人漸與骨肉遠轉於童僕親那堪正漂泊明日歲
華新

春日旅懷

水流花謝兩無情送盡東風過楚城蝴蝶夢中家萬里杜鵑枝上月三更故園書動經年别華髮春惟兩鬢生自是不歸歸便得五湖烟景有誰爭

皇甫曾

送著公還越

誰能愁此别到越解相逢長憶雲門寺門前千萬峰石床埋積雪山路斷枯松莫學白道者無人知

去蹤

寄劉長卿

南憶新安郡千峰帶夕陽斷猿知夜久秋草助江
長踈鬓應成素青松獨見霜愛才稱漢主題柱待

田郎

皇甫冉

巫山高

巫峽見巴東迢迢出半空雲藏神女館雨到楚王

宮朝暮泉聲落寒暄樹色同清猿不可聽偏在九秋中

送韓司直又見劉隨州集

游吳還適越來往任風波復送王孫去其如春草何山明殘雪在湖滿夕陽多季子留遺廟停舟試一過

西陵寄一公

西陵遇風處自古是通津終日空江上雲山若待

人汀洲寒事早魚鳥興情新南望山陰路吾心有

所親

送元盛歸潛山

深山秋事早君去復何如裛露收新稼迎寒葺舊

廬題詩即招隱作賦是閑居别後空相憶嵇康懶

寄書

酬崔侍御期籍道士不至見寄

一心求妙道幾歲候眞師丹竈今何在白雲無定

期崑崙烟景絕汗漫往來遲君但焚香待人間到
有時
送王相公赴幽州
自愘蕭曹德難兼衞霍功勤勞無遠近旌節屢西
東不選山河卒還令萬里通御閑分善馬武庫出
琱弓邀虜關山靜防秋鼓角雄徒思一攀送羸病
蓽門中
獨孤中丞筵陪餞韋使君赴昇州

中司龍節貴上客虎符新地控吴襟帶才光漢縉
紳汎舟應度臘入境便行春何處歌來暮長干建
業人

三月三日李明甫後亭汎舟

江南烟景復如何聞道新亭更可過處處藝蘭春
浒綠萋萋耕草遠山多壺觴雖就陶彭澤風俗猶
傳晉永和更使輕橈徐轉去微風落日水增波

秋日東郊作

閑看秋水心無事臥對寒松手自栽廬嶽高僧留
偈別茅山道士寄書來燕知社日辭巢去菊爲重
陽冒雨開淺薄將何稱獻納臨岐終日自徘徊

包佶

嶺下臥病寄劉長卿

惟有貧兼病能令親愛疎歲時供放逐身世付空
虛脛弱秋添絮頭風曉廢梳波瀾喧衆口藜藿靜
吾廬喪馬思開卦占鴞懶發書十年江海隔離恨

于知予

司空曙

耿緯就宿因傷故人

舊時聞笛淚此夜重沾衣方恨同懷少那堪相見稀竹烟凝澗壑林雪似芳菲多謝勞車馬應憐獨掩扉

過寶慶寺

黄葉前朝寺無僧寒殿開池晴龜出曝松暮鶴飛

回古井碑橫草陰廊畫雜苔禪宮亦銷影塵世轉堪哀

雲陽館與韓申卿宿別

故人江海別幾度惜山川乍見番疑夢相悲各問年孤燈寒照雨溼竹暗浮烟更有明朝恨離杯惜共傳

春日野望寄錢員外起

草長花落樹羸病强尋春無復少年意空餘華髮

新青原晴見水白社靜逢人寄謝南宮客軒車不
可親

喜外弟盧綸見宿

靜夜無四鄰荒居舊業貧雨中黃葉樹燈下白頭
人似我獨沈久愧君相見頻平生自有分況號蔡
家親（號一作是）

送王閏

相送臨寒水蒼茫望故關江蕪連夢澤楚雪入商

山話我他年舊看君此日還因將自悲淚一灑別離顏

耿緯

邠州留別

終歲山川路生涯竟若何艱難爲客慣貧賤受恩多暮角飄殘韻寒流起細波懸愁茂陵宅喜色又相過

早朝

鐘鼓餘聲裏千官向紫微冐寅人語少乘月燭來
稀清漏聞馳道紅霞映鎖闈猶看嘶馬處未啓掖
垣扉

贈張將軍

寥落軍城暮重門返照間鼓聲經雨暗士馬過秋
閑慣守臨邊郡曾營近磧山關西舊業在夜夜夢
中還

沙上鴈

衡陽多道里弱羽復哀音還塞欲何處驚絃亂此
心夜陰前侶遠秋冷後湖深獨立沙汀意寧知霜
霰侵

贈朗公

來自西天竺持經奉紫微年滐梵語變行苦俗流
歸日上安禪久苔生出院稀梁間有馴鴿不去爲
無機

嚴維

送李端

故關衰草遍離別正堪悲路出寒雲外人歸暮雪時少孤爲客早多難識君遲掩泣空相向風塵何所期

酬劉員外見寄

蘇耽佐郡時近出白雲司藥補清羸疾窗吟絶妙詞柳塘春水慢花塢夕陽遲欲識懷君意朝朝問檝師

李端

巫山高

巫山十二峰皆在碧虚中廻合雲藏日霏微雨帶風猿聲寒過水樹色暮連空愁向高堂宿清秋見楚宫

聞蟬寄友人

昨日始聞鶯今朝蟬又鳴朱顔向白日定是幾年程故國白雲遠閑居秋草生因垂數行淚書寄十

年兒

茂陵山行陪韋金部

宿雨朝來歇空山天氣清盤空雙鶴下隔水一蟬鳴古道黄花落平蕪赤燒生茂陵雖有病猶得伴君行

雲際中峰

自得中峰住深林亦閉關經秋無客到入夜有僧還暗澗泉聲小荒岡樹影閑高亭不可望星月滿

空山

韓翃

題薦福寺衡嶽禪師房

春城乞食還高論此中閑僧臘堦前樹禪心江上
山疎簾看雪卷深戶映花關晚送門人去鐘聲杳
靄閒

送元詵還江東

過江秋色在詩興與歸心客路緣楓岸家人掃橘

祿潮聲當晝起山翠近南深幾日華陽洞寒花引
獨尋

送王相公赴幽州

黃閣開帷幄丹墀拜冕旒位高湯左相權總漢諸
侯不改周南化仍分趙北憂雙旌過易水千騎入
幽州塞草連天暮邊風動地秋無因陪遠道結束
佩吳鈎

戴叔倫

除夜宿石頭驛

旅館誰相問寒燈獨可親一年將盡夜萬里未歸人寥落悲前事支離笑此身愁顔與衰鬓明日又逢春

吴明府留遠至留宿

出門逢故友衣服滿塵埃歲月不可問山川何處來綺城容敝宅散職寄靈臺自此留君醉相懽得幾回

逢許評事

萬里楊柳色出關逢故人輕烟覆流水落日照行
塵積夢江湖遠憶家兄弟貧徘徊霸亭上不語共
傷春

漸次涪州先寄王員外使君

文教通夷俗均輸問火田江分巴子水樹接夜郎
烟毒瘴含秋氣陰庢閉曙天路難空計日身老不
由年將命寧知遠歸心詎可傳星郎復何事出守

五溪邊

汝南别董校書

擾擾倦行役相逢陳蔡間如何百年内不見一人閑對酒借餘景問程愁亂山秋風萬里至又出穆陵關

盧綸

題苗員外林亭

高甍絕行塵閒簾似有春風傾竹上雪山對酒邊

人步暖先逢日書空遠見鄰還因内齋暇登賞及
諸姻

得嶺南故人書

瘴海寄雙魚中宵達我居兩行燈下淚一紙嶺南
書地説炎蒸極人稱老病餘殷勤報賈誼莫共酒
杯踈

春日同李庶子遵善寺東院曉望

映竹水横分當山起鴈羣陽峰高對寺陰井下通

雲雪晝惟逢鶴花時此見君由來禪誦地多有謝
公文
題興善寺後池
隔窻棲白鳥似與鏡湖鄰月照何年樹花逢幾世
人岸莎青有露苔逕綠無塵願得依容止僧中老
此身
李沆園林
古巷牛羊出重門接柳陰閑看入竹路自有向山

心種藥齊幽樹耕田到遠林願同詞賦客得興謝

家深

酬暢當嵩山尋道士見寄

聞逐樵夫閑看棋忽逢人世是秦時開雲種玉嫌

山淺度海傳書怪鶴遲陰洞石幢微有字古壇松

樹半無枝煩君遠示靑囊籙願得相從一問師

晚次鄂州

雲開遠見漢陽城猶是孤飆一日程估客晝眠知

浪靜舟人夜語覺潮生三湘愁鬢逢秋色萬里歸心對月明舊業已隨征戰盡更堪江上鼓鼙聲

祖詠

蘇氏別業

別業居幽處到來生隱心南山當戶牖豐水在園林竹覆經冬雪庭昏未夕陰寥寥人境外閑坐聽春禽

蘭峰贈張九臯　文苑作扈從御宿池

君王既巡狩輦路入秦京遠樹低蒼壘孤山入草城寒踈清禁漏夜警羽林兵誰念遊方客長懷魏闕情蒼一作槍草一作幔

綦毋潛

宿龍興寺

香刹夜忘歸松清古殿扉燈明方丈室珠繫比丘衣白月傳心淨青蓮喻法微天花落不盡處處鳥銜飛

方干

寄李頻

衆木已揺落望君猶未還軒車在何處雨雪滿前山思苦文星動鄉遥釣渚閑明年見名姓惟我獨何顔

君不來

閑花未零落心緒已紛紛久客無人見新禽何處聞舟隨一水遠路出萬山分夜月生愁望孤光必

照君

白艾原客

原上桑柘瘦再來還見貧滄洲幾年隱白髮一莖新敗葉平空塹殘陽滿近鄰閑言說知己半是學禪人

鏡湖西島言事寄陶挍書

樵獵兩三戶獨踈是近鄰風雷前壑雨花木後巖春文字不得力桑麻難救貧山禽欺稚子夜犬吠

漁人未必聖明代長將雲水親知音不延薦無路
出泥塵

旅次洋州寓居郝氏林亭

舉目縱然非我有思量似在故山時鶴盤遠勢投
孤嶼蟬曵殘聲過別枝凉月照窻欹枕倦澄泉遶
石泛觴遲青雲未得平行去夢到江南身旅羈

龍泉寺絕頂

未明先見海底日良久遠雞方報晨古樹含風常

帶雨寒　嚴四月於知春中天氣爽星河近下界時
豐雷雨　句前後登臨思無盡年年改換往來人

經陸補闕故山

不敢要君徵亦起致君全得似唐虞讜言昨嘆離
天聽新塚今聞入縣圖琴鎖壞窗風自響鶴歸喬
木夜難呼學書弟子何人在檢點猶逢諫草無

靈一

同史君宿大梁驛

旌旗江上出花外卷簾空夜色臨城月春寒度水

風雖然行李别且喜語音同若問匡廬事終身愧

遠公

重還宜豐寺

再過招隱寺重會息心期樵客問歸日山僧記别

時野雲陰遠甸秋雨漲前陂勿謂頻來此吾今不

好奇

酬皇甫冉將適越於雲門寺贈别

湖南通古寺來往意無涯欲適雲門寺千峰到若
耶春山子敬宅古木謝敷家自可長偕隱那言相
去賒

無可

晚秋寄賈島

暗蛩生暮色黙思坐西林聽雨寒更盡開門落葉
深昔因京邑病併起洞庭心亦是吾兄事遲回直
至今

送呂郎中赴海州

出守滄洲上西風送佩旌路遥過幾郡地盡到孤城拜廟千山緑開樓遍海晴何人共東望月向積濤生

同劉升宿

浮雲流水心只是愛山林共恨多年别相逢一夜吟既能持苦節勿謂少知音憶就西池宿月圓松竹深

護國

贈王山人

湖上見秋色曠然如爾懷豈惟歡隴畝兼亦外形骸待月歸山寺彈琴坐暝齋布衣閑自貴何用謁天階

貫休

寒息廬山賈生

山兄詩癖甚寒夜更何爲覓句如頑石嚴霜打不

知石膏粘木屐厓栗落冰池近見禪僧說生涯勝往時（知一作唯 石一作坐）

題簡禪師院

機忘室亦空靜與沃州同惟有半庭竹能生竟日風思山海月上出定印香終繼後傳衣者還須立雪中

岑參

送韋侍御先歸京

閒欲朝龍闕應須拂豸冠風霜隨馬去炎暑爲君
寒客淚題詩落鄉愁對酒寬先憑報親友後月到
長安

送鄭少府赴滏陽

子眞河朔尉里邑帶青漳春草迎袍色晴花拂綬
香青山入官舍黄鳥出宮墻若到銅臺上應憐魏
寢荒

張眾甫

送李司直使吳

使臣方擁傳王事遠辭家震澤逢殘雨新豐過落花水萍千葉散風柳萬條斜何處看離恨春江無限沙

張南史

送余贊善使還赴鮮尚書幕

音書不可論河塞雪紛紛鴈足期蘇武狐裘見鮮君城池通紫陌鞍馬入黃雲遠憶漳渠水平流幾

處分

周朴

寄方干

桐廬江水閑終日對柴關因想别離處不知多少山釣舟春岸泊庭樹晚烟還莫便求栖隱桂枝堪恨顔烟一作鶯

張蠙

送董卿知台州

九陌除書出尋僧問海城家從中路挈吏隔數州
迎夜蚌侵燈影春禽雜櫓聲開圖見異跡思上石
橋行

弔孟浩然

每聽樵人說孤墳亦夜吟若重生此世應更苦前
心名與襄陽遠詩同漢水深親栽鹿門樹猶蓋石
床陰

別後寄友人

上馬如飛鳥翩然去隔塵共看今夜月獨作異鄉
人就養江田熟移居井賦新襄陽所卜隱應與孟
家鄰

張祜

觀徐州李司空獵

曉出郡城東分圍淺草中紅旗開向日白馬驟迎
風背手抽金鏃翻身控角弓萬人齊指處一鴈落
寒空

招隱寺

千年戴顒宅佛廟此崇修古井人名在清泉鹿跡幽竹光寒閑院山影夜藏樓未得高僧肯烟霞空暫游

金山寺

一宿金山寺微茫水國分僧歸夜船月龍出曉堂雲樹影中流見鐘聲兩岸聞因悲在朝市終日醉醺醺

惠山寺

舊宅人何在空門客自過泉聲到池盡山色上樓多小洞斜穿竹重欄夾細莎殷勤望城市雲水暮

鍾和

李季蘭

送韓揆之江西

相看指楊柳別恨轉依依萬里西江水孤舟何處歸湓城潮不到夏口信應稀惟有衡陽鴈年年來

去飛

許渾

算山津送客歸峽中

津亭多別離楊柳半無枝住接猿啼處行逢鴈過

時江楓望風急山月下樓遲此夕歸城郭不眠人

詎知

凌歊臺

宋祖高高樂未囘三千歌舞宿層臺湘潭雲盡暮

山出巴蜀雪消春水來行殿有基荒薺合寢園無
主野棠開百年便作萬年計巖畔古碑空綠苔

張佐

憶遊天台寄道流

憶昨天台到赤城幾朝仙籟耳中生雲龍出水風
聲急海鶴鳴臯日色清石笋半山移步險桂花甞
澗拂衣輕今來盡是人間夢劉阮茫茫何處行

馬戴

集宿姚侍御宅懷永樂宰殷侍御

石田虞芮接種椰白雲陰穴閉神踪古河流禹鑿深樵人應滿郭僊鳥幾巢林此會偏相語曾供雪夜吟一作供同

送人遊蜀

別離楊椰陌迢遞蜀門行若聽清猿後應多白髮生虹霓侵棧道雨雪雜江聲過盡愁人處烟雲是錦城

張循之

巫山高

巫山高不極合沓狀奇新暗谷疑風雨幽崖若鬼神月明三峽曙潮滿九江春若問陽臺客應知入夢人

張繼

嚴陵釣臺

舊隱人如在春風亦似秋客星沉夜壑釣石俯清

流鳥向喬枝聚魚依淺瀨遊古來芳餌下誰是不吞鈎

章八元

新安江行

江源南出永野飯甦維梢古戍懸漁網空林露鳥巢雪晴山脊見沙淺浪痕交自笑無媒者逢人作解嘲

李益

喜外弟文言别

十年離亂後長大一相逢問姓驚初見稱名憶舊容别來滄海事語罷暮天鐘明日巴陵道秋山又幾重

同崔邠登鸛雀樓

鸛雀樓高百尺墻汀洲寒樹共茫茫漢家簫鼓隨流水魏國山河滿夕陽事去千年猶恨速愁來一日即爲長風煙併是思歸望遠目非春亦自傷

張喬

題河中鸛雀樓

高樓懷古動悲歌鸛雀今無野燕過樹隔五陵秋色早水連三晉夕陽多漁人遺火成寒燒牧笛吹風起夜波十載重來值摇落天涯歸計欲如何

呂温

道州秋夜南樓即事

誰令獨坐愁此日此南樓雲去舜祠閉月明湘水

流猿聲何處曉楓葉滿山秋不照匣中鏡少年看
白頭

于鵠

贈隱者

去尋長不在門似絶人行床下石苔滿屋頭秋草
生學琴冬日短寫易曉窻明惟到黄昏後溪中聞
磬聲

崔顥

贈梁州張都督

聞君爲漢將虜騎不南侵出磧清沙漠還家拜羽林風霜臣節苦歲月主恩深爲語西河使知予報國心

項斯

春題湖上顧伐新居

近得雲山看門長侵早開到時猶有雪行處已無苔勸酒客初醉留茶僧未來每逢晴暖日惟見乞

花栽

送殷乘遊邊

語別無長夜燈前聞曙鴉已行難避雪何處合逢花隴寺門多閉荒樓酒不賒還須問邊將早晚是誰家

山中

青櫪林中亦有人一渠流水數家分山當午後回峯影草帶泥痕過鹿羣蒸茗氣衝茅屋出繰絲聲

隔竹籬聞行逢賣藥歸來客不惜相[隱]入白雲

崔峒

贈李明府

訟堂寂寂對烟霞五柳門前聚曉鴉流水聲中視公事寒山影裏見人家觀風競美新爲政計日還應便觸邪可惜陶潛無限酒不逢籬菊正開花

包何

和王往員外春日東郊即事

郎官休沉吟遲日野老歡娛爲有年幾處折花驚
蝶夢數不留葉待蠶眠藤垂委地縈光履泉長侵
階淩綠錢直到閉關朝謁去鶯聲不散柳如煙

竇常

之任武陵寒食日途次松滋渡先寄劉員外

禹錫

杏花榆莢曉風前雲際離離上峽船江轉數程淹
驛騎楚曾三戶少人煙看春又過清明節算老重

經癸巳年幸得桂山當郡舍在朝長㮚下居篇

趙嘏

長安秋望

雲物凄凉拂曙流漢家宫闕動高秋殘星數點鴈横塞長笛一聲人倚樓紫艷半開籬菊凈紅衣盡落渚蓮愁鱸魚正美不歸去空戴南冠學楚囚

薛能

獻僕射相公

清如氷玉重如山百辟嚴趨禮絶攀强虜外聞應
破膽平人長見盡開顔朝廷有道青春好門館無
私白日閑致卻垂衣更何事幾多詩句詠關關

劉威

遊東湖黄處士園

偶向東湖更向東數聲雞犬翠微中遥知楊柳是
門處似隔芙蓉無路通樵客出來山帶雨漁舟過
去水生風物情多與閑相稱所恨求安計不同

鄭谷

鷓鴣

暖戲烟蕪錦翼齊品流應得近山雞雨昏青草湖邊過花落黃陵廟裏啼遊子乍聞征袖濕佳人纔唱翠眉低相呼相喚湘江曲苦竹叢深春日西

韓偓

寄隱者

煙郭雲扃路不遥懷賢猶恨太迢迢長松夜落釵

千艘小港春深水半艘已約痁身拋𦊱綬不嫌門巷似漁樵渭濱𨈆迹南陽卧若比吾徒更寂寥

羅隱

煬州開元寺閣上作

滿檻山川漾落暉檻前前事去如飛雲中雞犬劉安過月下笙歌煬帝歸江蹙海門颿散出地吞淮口樹相依紅樓翠幙知多少長向東風有是非

李羣玉

黃陵廟

小孤洲北浦雲邊二女明粧共儼然野廟向江春寂寂古碑無字草芊芊東風近墓吹芳芷落日深山哭杜鵑猶似含嚬望巡狩九疑如黛隔湘川

皮日休

過雲居院福上人舊居

重到雲居獨悄然隔窻窺影尚疑禪不逢野老來聽法猶見隣僧爲引泉龕上已生新石耳壁間空

帶舊茶烟南宗子弟時時到泣把山花奠几筵

杜荀鶴

春宫怨

早被嬋娟誤欲粧臨鏡慵承恩不在貌教妾若爲容風煖鳥聲碎日高花影重年年越溪女相憶采芙蓉

茅山

步步入山門仙家鳥逕分漁樵不到處麋鹿自成

犖石面迸出水松頭穿破雲道人星月下相次禮茅君

訪道者不遇

寂寂白雲門尋眞不遇眞只應松上鶴便是洞中人藥圃花香異沙泉鹿跡新題詩留姓字他日此相親

過王處士書齋

先生高興似樵漁水鳥山猿一處居石逕可行苔

色厚釣竿時斫竹叢疎欺春只處私醅酒諱老猶
看夾注書莫道無金空有壽有金無壽欲何如

題覺禪

少見修行得似師茅堂佛像亦隨時禪衣衲後雲
藏線夏臘高來雪印眉畊地戒侵連塚土伐薪教
護帶巢枝有時問着經中事却道山僧總不知

張籍

薊北春懷

渺渺水雲外望來鄉信稀因逢過江使却寄在家衣問路更愁遠送人空說歸今朝薊城北又見塞鴻飛

過賈島幽居

青門坊外住行坐見南山此地去人遠知君終日閑蛙聲籬落下草色戶庭間好是經過處惟愁暮獨還

羅道士

城市無人得實年衣襟長帶臭黃烟樓中賒酒嗟
留藥洞裏爭棋不賭錢聞客語音知貴賤對花歌
詠似狂顛尋常行處皆逢見世上多疑是謫仙

任藩

葛仙井

古井碧沉沉分明見百尋味甘傳邑内脉冷應山
心圓入月輪浄直涵峯影深自從仙去後汲引到
如今

秋晚途次

秋色滿行路此時心不閑孤貧遊上國少壯有衰顏衆鳥已歸樹旅人猶過山蕭條遠林外風急水潺潺

劉商

春日卧病

楚客經年病孤舟人事稀晚晴江柳變春夢塞鴻歸今日方知命前身自覺非不能憂歲計無限故

山薇

楊發

南溪書院

茆屋住來久山深不置門草生埀井口花落擁籬
根入院將鶵鳥攀蘿抱子猿曾逢異人說風景似
桃源

處默

題勝果寺

路白中峯上盤囘出薜蘿到江吳地盡隔岸越山多古木蔡青靄遥天浸白波下方城郭近鐘磬雜笙歌

戎昱

羅江舍

山縣秋雲暗茆亭暮雨寒自傷庭葉下誰問客衣單有興時添酒無聊自整冠近來鄉國夢夜夜到長安

于良史

冬日野望長安

地際朝陽滿天邊宿霧收風兼殘雪起河帶斷冰流北闕馳心極南圖尚旅遊登臨思不已何處可銷憂

王灣

次北固山下

客路青山外行舟綠水前潮平兩岸濶風正一颿

懸海日生殘夜江春入舊年鄉書何處達歸鴈洛
陽邊
林寬
送惠補闕
詔下徵巖野高人入仕林長因抗疏日更作去官
心清俸供僧盡滄州寄跡深東門有歸路徒自棄
華簪
劉禹錫

逢春對雪寄澧州元郎中

新賜除書墨未乾賢人暫屈遠人安朝驅旌旆行
時令夜見星辰憶舊官梅蘂覆階鈴閣煖雪峯當
戸戟枝寒寧知楚客思公子北望長吟澧有蘭

送河南馮尹之任

可憐五馬風流地暫綴金貂侍從才閣上掩書劉
向去門前修刺孔融來崤陵路静寒無雨洛水橋
長晝起雷却羡府中棠棣好先於城外百花開

裴相公見示荅張祕書謝馬并詩羣公屬和

草玄門巷少塵埃丞相并州寄馬來初自塞垣銜

苜蓿忽行幽徑破莓苔尋花緩轡威遲去帶酒垂

鞭躞蹀迴不與王侯與詞客知輕富貴重清才

酬竇使君寒食日松滋先寄

楚鄉寒食橘花時野渡臨風駐彩旗草色連雲人

去住水紋如縠燕差池朱輪尚憶雙飛雉青綬猶

懸左顧龜非是湓城白司馬水曹何事與新詩

寄朗州温右史曹長

暫別瑶池鴛鷺行緑旗雙引到沅湘城邊流水桃花過簾外春風杜若香史筆枉將書紙尾朝纓不稱濯滄浪雲臺功業家聲在徵詔何時出建章

江陵泝流道中

三千三百西江水自古如今要路津月夜歌謡有漁父風天氣色屬商人沙村好處多逢寺山葉紅時各勝春行到南朝征戰地古來名將盡爲神

酬樂天楊州初逢席上見贈

巴山楚水淒涼地三十三年棄置身懷舊空吟聞笛賦到都翻似爛柯人沉舟側畔千帆過病木前頭萬葉春今日聽君歌一曲暫憑杯酒長精神

題于家公主舊宅

樹滿荒臺葉滿池簫聲一絶草蟲悲鄰家猶學宮人髻園客爭偷御果枝馬埒蓬蒿藏狡兔鳳樓烟雨嘯愁鴟何郎獨在無恩澤不似當年傅粉時

王貞白

金陵

恃險不種德，興亡歎數窮。石城幾換主，天塹漫連空。御路疊民冢，臺基聚牧童。折碑猶有字，多紀晉英雄。

誠齋之後，[illegible]徐照為[illegible]，降宋末四靈，[illegible]

雖為唐詩，要誠齋之雄獨也，科舉亦不[illegible]，唯多吟詠，欲追

開元之和之盛，其[illegible]集而追元結[illegible]法家

余向覓之之未得丙子秋於寒山趙靈均忽識此書馮定
遠兄寄云是嘉興屠用明託余刻去年予樣稿除日因檢
發篋向云只只從遊于米塘屠玄史渾以借鈔喻閑明之余
末淺固乃不惜鈔衎之僞失藝林同志亦皆祕以方之
保枝一帙秘諸枕中不肯示人者初未曾如那余何豪廣之
選唐詩其為海內快士所貴收兆梓宋元人選唐詩以續
之蘇集至嗜矣云海虞毛晉識

眾妙集卷終